息子側の信号「青」は、なぜ突然、「赤」に変わったのか……

僕は、信号無視をしていない！

検察の理不尽な捜査と闘った、母の15年間の記録

阿部 智恵

一瞬の交通事故

何年経っても消えることのない、被害者の無念、悔しさ

真実を闇に葬った検察庁。権力による横暴

司法とは、いったい誰のためにあるのか……

真実を追い求める母の、悲しく寂しい闘いの日々

目次

装幀　オフィス・ミュー

息子側の信号「青」は、なぜ突然、「赤」に変わったのか……

僕は、信号無視をしていない！

検察の理不尽な捜査と闘った、母の15年間の記録

阿部 智恵

第一章　突然の知らせ

平成十三年十月十六日（火曜日）、午後七時三十分頃。

静岡市内で主人とともに営業していた青果店の店じまいをした私は、『今日も無事に一日を終えることができた』という安堵の気持ちで、いつものように三十分ほど車を走らせ、藤枝市内の自宅に着きました。

玄関に入って、いつものように荷物を「ヨイショ」と置き、さあ夕ご飯の支度をしなければ、と思った途端、電話のベルが鳴り響きました。

「はい、阿部ですが」

受話器を取ったのは主人でした。

次の瞬間、声色が急に変わりました。

「えっ、浩次が……、事故に？」

電話の相手は、浩次の会社の上司のようです。

私は急いで主人の傍に駆け寄りました。

「それで、怪我のほうは……、えっ、危ない？　危ない状態なんですか！」

受話器を握りしめたまま、険しい表情で主人がたずねています。

私はそのやり取りを聞きながら、足がガタガタ震え出しました。

それから二～三分経ったでしょうか、突然、主人が叫び声をあげたのです。

「えっ、死んだ！」

私の頭は何かで打たれたようにガンガンと痛み、ふと気づくと、うめき声をあげながら部屋をぐるぐる回っていました。

『運転に関してあんなに厳しい子が、事故になんて遭うはずない。嘘だ……、嘘！　嘘に違いない！』

心の中でそう叫んでいました。

このとき、事故発生からすでに二時間ほど経っていたようです。

私たちは今、いったい何をしたらよいのか……。

とにかく名古屋に住む兄や姉に電話をしなければ、と思うのですが、手が震えて電話番号を間違えてしまいます。

二回、三回、間違えてはまたかけなおしました。

長男にも連絡をしましたが、仕事中なのでしょう、電話が繋がりません。

その間も、涙と鼻水がとめどなく流れ、私は何が何だか訳が分からないまま、パニック状態に陥っていました。

そうだ、お店も休まなければならない。青果市場に荷物をストップするよう伝え、従業員にも連絡しなければ……。

でも、震えは止まらず、思いだけが空回りするだけです。

電話で第一報をくださった上司が、

「車ではなく、新幹線に乗ってすぐに〇〇記念病院に来て下さい」

と言われたので、何とかタクシー会社に連絡して迎えを頼み、静岡駅まで行ってはみましたが、運悪く新幹線は発車した直後でした。

静岡駅に停車する新幹線はそう多くはありません。次の列車が到着するまでの時間が、どれほど長く感じたことでしょう。あっちにフラフラ、こっちにフラフラして時間をつぶすしかありません。

周りを見ると誰もが楽しそうに笑い、喋っています。

『みんな、幸せいっぱい……。なぜ？　私は、こんなに悲しいのに』

見ず知らずの人々の笑顔を見て、僻（ひが）みの感情が噴出し、そんな自分が哀しく、さらに悲しさがこみ上げてきました。


ようやく病院に到着したとき、すでに夜十一時を過ぎていました。

タクシーを降りると、病院の玄関には末広がりに何十人もの人が並び、私たちに向かって深々と頭を下げていました。

『この人たちはいったい誰？』

一瞬、不思議に思いながら、こちらも頭を下げ、病院の中に駆け込みました。

先に病院に着いていた姉が、

「会社の人たちが百人ぐらい、玄関でずっと私達を待っていてくださったんだよ」

そう教えてくれました。

でも私は、何も考えることができず、

「浩次！　浩次！　どこにいるの？　どこにいるの！」

と病院内を駆け回っていました。

すると、誰か知らない人が、

「こちらです」

と案内してくださったので、私たちはその後ろを小走りでついて行きました。

案内された部屋のベッドには、着物を着せられ、額に傷テープ一枚貼った浩次が横たわっていました。

「浩次、何とか言って、目を開けて！　お母さんと呼んで！」

呼びかけても、返って来る言葉はありません。

「浩次、浩次！」

私は叫びながら浩次の頬を撫でましたが、その異様な冷たさにハッとして、すぐに手を放しました。

『こんなに冷たいもの、触ったことがない』

そう思いましたが、もう一度触ってみました。

でも、やはり冷たいのです。

今度は、胸で組まれた手を握ってみました。両手でそっと手を握りしめ、そして手を開こうとしましたが、びくともしません。

硬い、硬い……。

冷たい、冷たい……。

「これが浩次？　浩次なの？　なぜ、なぜ？」

私は叫びました。

全身の震えが止まりません。

涙があふれて止まりません。

しばらくすると、

「彼女が来てくれたよ」

という声が聞こえました。

そこには、友達に肩を抱かれ、泣き崩れている浩次の彼女がいました。

私は思わず駆けより、会社の人たちが大勢並んでいる真ん中で、ところかまわず抱き合い、泣きじゃくりました。

「ありがとう。ありがとう」

私は無意識に、彼女にそう言っていました。

浩次を愛し、支えてくれた彼女……。浩次も彼女と出会えたことがどんなに嬉しかったことでしょうか。

実は、彼女はこの病院に勤めていました。

浩次が救急車で搬送されてきたとき、彼女は驚きのあまり腰が抜け、しばらく立ち上がることが出来なかった、と後で友達から聞かされました。

その辛さは、どれほどのものだったでしょうか。

私にはとても想像出来ませんでした。


少し時間がたって、黒いごみ袋を持った見知らぬ人が、

「これは、息子さんが着ていた洋服です」

と言って渡されました。

中を見ると、ズタズタに切られたジャンバー、ズボン、シャツ、下着などがグチャグチャに詰め込まれて入っており、持ち上げると、雨水がポタポタと滴って落ちました。

私は、その黒い袋をそっと抱いてみました。

一瞬、息子を抱きしめたような気がしたのですが、悔しさ、悲しさなど、どうしようもない感情が渦を巻き、涙が止まりませんでした。

この現実の残酷さ、そして重さ。もう一度でいい、目を開けて、「お母さん」と言って欲しい……。

もう一度、浩次の胸に手を当ててみました。でも、いくら願っても、再び呼吸が戻ることはなく、私の願いは何ひとつ叶いませんでした。

病院には、棺が用意されていました。

「お母さんも、手伝って下さい」

という声にハッとして、私は、浩次の足をそっと上げました。

浩次の膝から流れ出た赤い血が、私の手にべっとり付きました。

『これが、浩次の血だ……』

呆然として、じっと見つめていました。

その棺は、浩次には小さすぎました。浩次の足が入らないのです。

「無理して入れて下さい」

という声が聞こえました。

私は浩次が不憫で、

「強引に入れたら痛がるから、無理して入れるのは嫌だ。嫌だ……」

と言いましたが、急だったのでこれしかなかったのだと言われました。

強引に入れることが、まるで虐待をしているような感覚になり、ますます悲しくて涙があふれ出ました。

「浩次、家に帰るんだよ。会社の皆さんは、明日も仕事だから」

浩次に無言でそう伝え、会社の皆さんに感謝の挨拶をしました。

皆さんと、もっと一緒にいたかったに違いない、そう思いつつ、後ろ髪をひかれる思いで会社の皆さんに見送られ、深夜一時半過ぎに病院を後にしました。

自宅に着いたのは、朝方の四時ごろだったと思います。

息子の携帯には、事故から三十分後に届いた彼女からのメールが未読のまま残っていました。

『お布団のサイズは、二百二十センチでいいでしょうか？』

それを見たとき、どっと涙がこぼれ落ちました。

息子は、彼女からのこのメールも見ないで逝ってしまったのです。

年内には二人で一緒に住むつもりだったのでしょう。

そういえば半月前、十月一日の誕生日、私は浩次に電話をし、

「おめでとう。彼女に誕生日のお祝いしてもらった?」

とたずねました。

浩次は、

「う〜ん、してもらったよ」

と、かん高い声で、とっても嬉しそうに答えました。

「よかったね。浩次は毎日バイクに乗っているから、事故にはくれぐれも気をつけてね」

私がそうと言うと、

「あいよ〜、分かってるよ。事故は絶対にしないよ。じゃ〜お休み」

あんなに嬉しそうな声でそう言っていた浩次。はにかみながらニコニコと笑っている姿が目に浮かび、私自身も嬉しくて有頂天になっていました。

まさか、あれが最後の会話になるなんて。

その半月後に事故、私は、たったこれだけの会話しかしなかった事に無性に後悔し、私自身を責めました。

楽しい生活が、幸せな未来が、すぐそこにあったはずなのに……。

拭いても、拭いても、涙がこぼれ落ちました。

第二章　警察での説明

平成十三年十月十六日、この日は午後から雨が降り出していました。

午後五時三十分頃、ちょうど会社から帰宅するため、大型バイクに乗っていた浩次は、愛知県豊田市小川町七丁目の信号機がある大きな交差点を北側から南に向かって直進していました。

事故の一年ぐらい前に設置されたというこの交差点の北側は上り勾配になっており、ゼブラゾーンの中の加害者車両からは直進してくる車両が確認しづらい構造になっていました。

そんな状況の中、交差点中央のゼブラゾーンの中に停止していた対向の軽トラックが、Uターンをしようと発進したのです。

突然、進路を塞がれた浩次はとっさに衝突を避けようとしたのでしょう、バイクから身を離しましたが間に合わず、身体が軽トラックの荷台の下に滑り込み、バイクはそのまま軽トラックの左前輪に衝突しました。

浩次は心肺停止の状態で救急車に乗せられ、すぐに病院に救急搬送されましたが、約一時間後、死亡が確認されました。

死因は脳挫傷でした。

軽トラックを運転していた加害者は、息子と同じ二十九歳。運送会社に勤めているトレーラーの運転手でした。軽トラックの所有者は父親の小学校の教頭先生でした。

事故から約二か月後の平成十三年十二月九日、私たち夫婦と長男の三人は、事故に関する説明を受けるため、初めて愛知県豊田警察署に行きました。

午前十時前、警察署に到着すると、入り口の掲示板には、交通事故の件数と、死者の人数が書かれていました。

その数字が目に入った瞬間、私の心の中に、

『この中の一人が、浩次なんだ。豊田市の人口は何十万人もいるのに、なぜ浩次が死ななければならないの……。何故浩次なの！』

苦しい感情がこみ上げ、止めどなく流れる涙を抑えられませんでした。


対応してくれた警察官は、穏やかな口調で、

「目撃者が出て下さいました。よかったですね。浩次さんの側の信号は確かに青でしたよ。事故の原因は相手方にあります。事故の相手にも、原因はそちらにあると言ってありますからね」

こう説明してくれました。

悲しみの中、目撃者が自分から名乗り出て証言して下さったと聞き、どんなに嬉しかっ

たことでしょうか。

　私は悲しい涙と嬉しい涙で、クチャクチャになりました。そしてこのとき私は、息子の最期を見て下さったこの目撃者の方とは、私がこの世を去るまで一生お付き合いして生きようと、ひとり心に誓いました。

　警察の説明によると、交差する道路で信号待ちをしていたという目撃者は、次のように話していたそうです。

「赤で信号待ちをして止まっていたら、数台の車が通った直ぐあと、目の前を黒いものと人が分かれて飛んで行きました。黒いものは、左の方に滑って行きました。それから前の方を見たら、人が倒れていたので、ああ、事故が起きたんだ、と思いました」

　その後、警察に行こうかどうしようかと悩んだけれど、やはり事故を見ていたのだから行かなければいけないと思い、わざわざ警察に来てくださったのだそうです。

　交差する道路の車が赤信号で止まっていたということは、浩次が直進していた南北の道路は青信号だったということ。つまりこの事故は、加害者が、直進してくるバイクがいるにもかかわらずUターンしたために発生した事故であり、相手が急いでUターンさえしなければ起きなかったということになります。

「ところで、その後相手から何か連絡はありましたか?」

警察官にそう聞かれたので、

「いいえ、お通夜に来たきり何の連絡もありません」

私がそう答えると、

「それはとんでもない、全く誠意がありませんね。これから、相手がどれだけの誠意を見せるかが、どんなことよりも一番大切です。私からそれとなく言っておきましょう」

とまで言ってくれました。

また私が、

「目撃者の方にお礼をしたいので教えて下さい」

とお願いすると、警察官は、

「決定がおりましたら住所と名前をお伝えますので、そのときはお礼に伺って下さい」

快くそう答えてくれたのです。

その後、警察官は事故状況について説明をし、

「息子さんは、バイクにはいつ頃から乗っていますか」

「大学時代から乗っていたのなら、このバイクにも慣れていたんですね」

などと、生前の浩次の生活やバイクの乗り方などについていろいろと質問されました。

「息子さんは、実家に帰ってきた時は、いつも何時ごろ寮に帰りましたか？」

「息子は、どんなに遅くても午後六時には家を出ました」

「寮の門限は、午後十時ですか？　藤枝から豊田まで三時間三十分ぐらいかかりますから三十分ぐらいの余裕を持って帰っていたのですね」

こうして、午前十時から夕方まで、とても優しく丁寧に説明して下さり、私達の話も真剣に聞いて下さったのです。

そして最後には、

「まもなく検察庁からご遺族に呼び出しが来ますので、言いたいことをメモしておくとよいですよ。検察庁に行ったら、思っていること、何でも言ってくださいね」

とアドバイスまでされました。

この頃、息子の会社から、

「事故の処理をこちらでやりましょうか」

と、親切に電話をいただき、私達にはどうしてよいか分からず、ご厚意に甘えて、会社に事故の処理をお願いすることにしました。

その後、平成十四年九月なっても検察庁からの呼び出しはありませんでした。あまりに遅いので、豊田警察署に電話をしたところ、応対したS係長さんは、

「少し遅いと思いますが、大きな事故ですのでご遺族への呼び出しが来ない限り、決定はありませんので」

そう説明されました。

私たちはその言葉を信じて、検察庁からの呼び出しを待っていました。

『浩次は何も悪くない……』

そう信じて疑わなかった事故の日から、わずか一年二か月後、まさかあのようなことになるなど、いったい誰が想像できたでしょうか……。

でも、今思えば、私たちの終わりのない苦しみは、このときすでに水面下で始まっていたのです。

第三章　信号が「青」から「赤」に？

名古屋地方検察庁岡崎支部のM副検事から、お店の方に突然の電話がかかってきたのは、事故から約一年二か月後、平成十四年十二月二十六日の夕方五時過ぎのことでした。

「息子さんの事故ですが、加害者が不起訴になりました」

「えっ？」

一瞬、耳を疑いました。待ちに待っていた検察庁からの呼び出しは、一度もないままだったからです。

私はビックリして、

「そんなことは絶対にありません。警察では、目撃者が出て証言してくれたと聞きました。息子の信号は確かに青でした。事故は加害者がUターンするために突然出てきたことで起こったのです。警察からは、事故状況についてもう相手に話してあると聞いています」

そう言った途端、

「それはテープにとってあるんですか！　口答では証拠にはならない！」

受話器の向こうのＭ副検事は急に声を荒らげ、怒鳴り声でこう続けました。

「被疑者は、信号が赤になったから出た。目撃者は『事故が起きてすぐに対面信号を見たら青になっていた』と言ってんだー。だから、『赤・赤』の三秒間に入ったんだー」

私たちは、まさかこんなことが起こるとは考えもせず、もちろん録音機などは持って行きませんでした。

にわかに信じられませんでした。浩次が、赤信号を無視して、交差点に入っていったというのでしょうか？

私は必死で言い返しました。

「警察官はそんなことは言っていません。事故のとき、息子の側も、加害者の側も、確かに信号は青だったと聞きました！」

すると、Ｍ副検事はまたものすごい口調で、

「始めから赤だと言ってんだー！」

と怒鳴り、

「もし目撃者が嘘をついたら起訴します。私が嘘をついたら……で処罰されます」（……の部分がよく聞き取れませんでしたが）

そう言ったのです。

M副検事の話では、加害者の供述とも、目撃者の証言とも、事故後すぐの警察での説明内容とも明らかに違っています。

目撃者は一人しかいません。警察での目撃者と同じ方です。事故直後に警察へ出向いて話してくださった証言が一番正しいのではないでしょうか。

たまりかねた主人が、

「それでは、裁判をするしか方法がないですね」

と言ったところ、

「お前は、何で裁判するのか？　いったい、誰を相手に裁判するんだ。やっても勝てっこないものを……。お金もかかるし、時間もかかる！」

と、急に強い口調になりました。その直後、つい口を滑らしたのでしょうか、M副検事は、

「上司に何の相談もなく、部下が勝手に喋って……」

ひとり言のようにそう言ったのです。

それにしても、「やっても勝てっこないものを」とは、いったいどのような意味でしょうか。一生懸命、真実を解明すべき検事にこの言葉は必要ないはずです。

現場検証や目撃者の事情聴取をした警察官は、ありのままを被害者家族に伝える義務があると思います。

次の日の十二月二十七日に郵送された書類には、『被疑者○○に対する　業務上過失致死　被疑事件（事件番号　平成十四年兼業第○○○号）は、平成十四年十二月二十六日、不起訴処分としたので通知します』と書かれていました。

不起訴が決定してから半月後の十五年一月十日、私は「被害者ホットライン」の方に電話をして、今までの警察、検察での説明の疑問点を説明しました。

次の日、午後七時過ぎにM副検事より私の家に電話が入り、改めて不起訴の内容について説明がありました。半月前に聞いた罵声(ばせい)とは別人のように優しい声でした。

私はつい、

「半月前、私に怒鳴った検事さんですか?」

と聞いてしまいました。

「そうですよ」

優しい声が返ってきました。

私が、

「事故の処理は、息子の会社の〇〇上司に全てをお願いしました」

と伝えると、M副検事は驚いたような声で、

「えっ、それ本当ですか？　本当ですか！」

と言い、M副検事はなぜかさらに優しくなりました。あのとき、あんなに怒鳴り、暴言を吐き、「バイクが赤で入ったんだ〜」と怒鳴ったことが信じられないくらいです。

M副検事は言いました。

「不起訴には二種類あり、完全に不起訴と判断出来るものと、どうしても判断が難しく不起訴とする場合があります。この事故は判断できないため、分からない、となっています」

私は改めてM副検事に聞いてみました。

「もう一度聞きますが、目撃者は何と言っていたのですか?」

「赤信号で止まっていたら、目の前を黒いものと人が飛んで行った。黒いものは左の方に滑って行った……」

　そう答えただけで、一瞬言葉がつまったように、後はなにも言わず、信号のことも話しませんでした。

　けれど、付け加えるように、

「どんな小さなことでも気が付いたことがあったら、僕の机に電話して下さい。それから、検察審査会に異議申し立てを出す方法もありますので、それも検討したらどうですか?」

　とも言いました。


　どうしても納得できなかった私は、平成十六年一月頃、目撃者に直接話を聞きたくて、M副検事に電話をしようと、愛知県の検察庁全てに電話しました。

　検察庁では、「その様な人はおりません」。また、大声で「何処へ掛けているんですか！ここは検察庁ですよ！」と言われ検察庁でとても冷たくされ、とても侘しく気持ちが沈んでしまいました。

検察庁とはこんなに冷たい処でしょうか。

でも、M副検事に直接聞きたい、との思いで最後にかけた名古屋地方検察庁でM副検事の事務官が出て下さり、ようやく電話がつながりました。

M副検事は、

「その節は本当に申し訳ございませんでした。この事件は難しく、判断が出来ず、分からないということになっています。ただ、被疑者が、『赤になったので出た』と言っていましたので、本当に申し訳御座いませんでした」

と謝ったのです。

まさにこの言葉は、被疑者の供述だけをもとに「不起訴」にしたことを裏付けているのではないでしょうか。

私はM副検事に、

「目撃者にお会いして、お礼を言いたいのですが」

とお願いしました。すると、

「では、目撃者に連絡してよいとおっしゃるかどうか聞いてみます」

との返答でした。

私はてっきり拒否されると思っていましたので、この意外な言葉を聞いてとても嬉しかったのです。

それから何時間か経ってから、再びM副検事からこんな電話が来ました。

「今私は、名古屋地方検察庁岡崎支部にはいないので、岡崎支部のH副検事さんに話してありますので、H副検事さんに電話して下さい」

そこで私は、すぐにH副検事に電話しました。

H副検事は、

「今まで遺族に対して目撃者の情報を伝えた前例はありませんので、私の一存では言えません。上司と相談し検討はしてみます」

と答えました。

この日から私は仕事どころではなくなり、仕事中でも、どうなっているんだろうか？と、電話ばかりが気になっていました。夕方になると『今日も電話がなかった……』と失望し、誰とも話す気力もなく、家に帰る毎日でした。

それから一週間ぐらい経った頃でしょうか、Ｈ副検事から、

「目撃者に連絡したところ、電話ならよいということですので、阿部さんの電話番号を目撃者に教えてもよいでしょうか？」

と電話がありました。

私は嬉しさに声が弾み、

「ぜひお願い致します」

と電話番号を目撃者に伝えていただきました。

その日から、仕事を終えて家に帰ると、私は電話の前から離れられず、ドキドキ、そわそわ、何も手が付けられない状態でした。今までこんなに電話を待った記憶はありません。Ｈ副検事から電話があってから約一週間後の十六年一月三十日、待ちに待った電話をいただきました。

目撃者の方は、こうおっしゃいました。

「検察庁から電話が来て、加害者が不起訴となったと聞き、ビックリしました。私は、不起訴になるとは思っていませんでしたので……。加害者はスピード違反のほかにも数回違

反をしていますよ。信号は青か黄色。私の知っていることは全てお話し、協力しますよ」

目撃者の信号は青か黄色……、浩次はやはり悪くなかった！

私はそのお話を聞きながら、嬉しさがこみあげてきました。そして涙がこぼれ落ちるのを我慢しながら、必死で耳を傾けました。

「有難うございます……、有難うございます」

何回言っても足りない言葉です。

とても暖かい言葉に、心から安堵したのでした。

次の日、名古屋地方検察庁岡崎支部のH副検事さんにお礼の電話をしました。

私が、目撃者から電話を頂いたことを伝えると、H副検事は、

「よかったですね。目撃者の方は信号青だと言ってくださいましたか？」

と、優しい声でたずねてきました。

私は、H副検事は目撃者が信号青ということを知っていたかのように感じました。

第四章　夢を追いかけていた息子

『加害者が不起訴になった？』

『浩次君のほうに重大な過失があるだって！』

大学教授をはじめ友人の方々は、検察庁の突然の判断に大きなショックを受けられたようで、すぐさま検察庁や裁判所に向けて捜査のやり直しを求める嘆願書を書いてくださいました。

誰もが、交通規則に厳しかった生前の息子のことが印象に残っていたようで、

「自ら違反をするような阿部ではない」

「信号無視？　事故に遭うことさえ考えられないのに……」

「あんなに厳しい阿部が事故を起すはずがない。阿部の運転技術なら少しの空間があれば

事故は回避できる。目の前で、車が出てきてどうしようもなかったとしか、考えられない」

口々にそうおっしゃっていました。

浩次は大学時代から、特に車やバイクに対して真剣に向き合っていました。

「僕はクルマを造りたい。もしそれが駄目なら、工業デザインをやりたい。大学へ行って勉強をしたい」

大学進学を決めるにあたって、浩次は私にこのように相談してきました。

そんなに大きな夢があったことなど全く知らなかった私は、それを聞いたとき、とても嬉しかったことを覚えています。

大学に進学してからは、エンジンの構造を勉強するため「内燃機関研究部」というバイクの全てを研究するサークルに入りました。

このサークルでは、バイクの基本的な乗り方、公道での乗車方法、法規、構造など、バイクに関するさまざまな事柄を研究し、また、運転技術を磨くため、モトクロスの大会にも参加していました。

モトクロスの全国大会や東日本大会に出場。運転技術を磨き、仲間とともに充実した日々を送っていました

息子が研究部の部長をつとめていたとき、大学では総合優勝、また個人でも全国大会二位、東日本大会二位、三位、四位、六位、と好成績を収めました。運転技術はとても優れていたようです。

また、第十三回ホンダエコパワー燃費競技大会「本田宗一郎」杯では、第二位を受賞。第十四回大会では、三位に入賞しました。とにかく物作りが大好きな人間になっていました。

大学での研究室入りが決まったときには、

「お母さん、研究室が決まったよ。僕が入りたかった研究室に入れてよかった。僕って運がいいよね」

と、満面の笑みで微笑んでいました。

研究室では、教授をはじめとするみなさんの暖かい教えのもと、車のショックを三割から四割軽減することが出来たそうです。

息子は卒業時の書類の希望欄に、

『僕にとって、車に関する仕事が天職だと思います。また、研究した車を実際に走らせてみたい……』

と記載していました。

息子は将来の進路について、

「お母さん、僕は背広を着て仕事をしたくない、油まみれになって働きたいんだ。大学で車やバイクのノウハウは全て学んだ。後は、大企業の下請け会社に行きたい。大企業では、僕の能力は認めてもらえない。下請けの方が、認めてもらえる確率が高いから……。一度しかない人生だから、好きな仕事をしたい。もし、僕の好きな仕事をさせてくれる会社だったら世界中のどこへでも行くよ。もし、南極に行けって言われても行くからね。お母さん、ごめんね。いいかなぁ？」

少し不安げな顔で、でもしっかりとした信念を持ってこう話してくれました。

私が、

「お前の人生だから、思った事をやりなさい」

と言うと、安心したのかにっこりと笑い、

「うん」

と、とっても嬉しそうな顔に変わりました。

車を造りたいという息子の思いは強く、仕事に対して、もの凄い意欲を感じました。

私はこのときまで、息子のことをこんなに頼もしいと思ったことはありませんでした。


念願叶い、浩次はトヨタ自動車の関連企業に就職が内定しました。

内定したその日、大学から家に帰って来るなり、

「お母さ～ん、トヨタ自動車の下請け企業に決まったよ。エンジンではなくて、内装の方の会社だけどいいよね。技術課だから……」

私はその笑顔に、その喜びがどれだけ大きなものかを感じ、

「いいよ、いいよ。よかった、上出来だよ」

と言いながら、自然に涙がこぼれ落ち、涙声になっていました。

この時の社内案内は、今は、私の机の片隅に色あせて悲しそうに感じます。

入社してからは、試作課を経て開発課に籍を置き、高度な開発に意欲を燃やしていました。

息子は車の開発に関わる者として、絶対的な信念があったのでしょう。「交通事故は絶対しない」が口癖でした。

就職してからもときどき大学に行って、「内燃機関研究部」の後輩の指導などをしてい

たようでした。

　事故の後、研究部の友人や後輩の方々は、

「僕は、阿部さんに百回ぐらい注意されたんですよ」

「僕も叱られた。阿部君は安全運転にはとても厳しい人だったんです」

　そんな思い出話を私にしてくださいました。


　そういえば、社会人になってから大学のサークルに行くときは、会社が終わってから愛知県の豊田市を出発し、夜十時頃、藤枝市の自宅に寄って、仮眠してから大学に向かっていました。

　帰宅するときは、バイクの騒音を一切立てず、「ただいま」と言いながらいつも静かに入ってきました。

「あれ、何の音もしなかったけど、何で来たの？」

　と聞くと、息子は、

「うん、もう夜遅いから、近所迷惑にならないように家が並んでいる所からバイクのエンジンを切って押してきた。重かったけどね」

と言って、ニコッとしました。

そして、バイクで帰るとき、私はいつも、

「バイクは危ないから、事故に気を付けてね」

と言うのですが、返って来る言葉は、

「わかってる。バイクの怖さも、事故の恐ろしさもお母さんたちより僕のほうがずっとよく知ってるよ。僕は実際に事故も見てきたから、加害者も、被害者も、双方が一生苦しむ事も知っている。被害者の家族の人が悲しんでいる顔は、とても見ることが出来なかった。だから安心して、僕は絶対に事故はしないから大丈夫だよ」

というのがいつもの言葉でした。

家を出発するときも必ず、来るときと同じように二百五十キロもあるバイクを、民家がない場所までエンジンを切って押して行きました。

平成十二年二月七日には、愛知県警察本部から表彰状をいただき、安全協会からは、無事故・無違反の証もいただきました。

バイクに乗っていたとはいえ、常に安全運転を心がけているそんな息子の姿を見て、私は安心していたのです。

表彰状

阿部浩次様

あなたはセーフティー一〇〇日無事故・無違反運動に積極的に参加され優秀な成果を収められましたここにその功労をたたえ表彰します

平成十二年二月七日

城田知寿

盛田慶吉

上）愛知県警察本部からいただいた表彰状

左）出場した大会でいただいたトロフィーの数々

お気に入りのモトクロスバイクと

第五章　検察審査会へ

●間違いの信号サイクル

実況見分調書には信号サイクルが添付されていたことから、私は目撃者の証言、加害者の行動から信号の色が分かると思い、平成十七年八月三十日、弁護士さんを通じて信号サイクルの照会を愛知県交通課に依頼しました。

信号サイクルは三か月保管されているとのこと、しかし、照会日は、平成十七年八月三十日午後五時半でした。

照会の結果は以下の通りでした。

『上記各交差点の信号サイクルについて、「小川町七丁目交差点（事故現場）と細谷町一丁目（目撃者が左折して向かった次の交差点）の交差点は、地域制御の信号交差点で、上記日時頃は両交差点とも百三十秒で制御されており、各方向別の秒数は別紙のとおりです。上記交差点の連動関係について、「小川町七丁目交差点と細谷町一丁目の交差点は連動関係があり、南北方向の青信号は細谷町一丁目交差点の方が十二秒早く青になります」（平成十七年九月八日）

平成十八年四月、再度、愛知県警察本部交通管制課に信号サイクルの照会をお願いしました。

すると、照会依頼日より三か月前の平成十八年一月十一日の信号サイクルでの連動関係は、

『細谷町の方が三十二秒早く青になります』

との回答でした。

平成十七年八月三十日の信号サイクルと、平成十八年一月の信号サイクルの連動関係に違いがあったので、再度依頼すると、

『平成十八年一月十一日の信号サイクルの連動関係は、「細谷町の方が三十二秒早く青になります」が正しく、「平成十七年八月三十日の南北方向の青信号は細谷町一丁目交差点

の方が十二秒早く青になります」の所が間違いであり、正しくは、三十二秒早くなります。』」

と訂正されました。

事故当時の信号サイクル（実況見分調書）は、平成十七年八月三十日の午後五時三十分ごろ、平成十八年一月十一日午後五時三十分の信号サイクルと同じであることが判明したのです。

また、近所の人から、

「この交差点は、事故の一年ぐらい前に設置されたばかりです」

との証言をいただき、他の人からも、

「事故当時と信号は変わっていない」

との陳述書をいただきました。

さらに、豊田市役所からは、ガードレール、縁石、などの交換は今までないとの報告をいただきました。

つまり、事故当時、信号サイクルは変わっていないことが証明され、浩次の側の信号が青だったことがより確実になりました。

しかし、愛知県交通管制課が、これほど大事な信号サイクルを間違えることがあるのでしょうか？　私は疑問に思いました。

●「不起訴相当」嫌疑不十分とした岡崎検察審査会

平成十七年十二月、岡崎検察審査会（検察官の決定に関し民意を反映させて適正を図るための機関）に不服申し立てを提出しました。

目撃者の証言、加害者の供述や行動を基に、愛知県警察本部交通部交通管制課が出してきた信号サイクルによって、浩次の側の信号青を証明し、岡崎検察審査会に提出したのです。

私達の証拠資料を検討した岡崎検察審査会の審査員Xさんは、

「事故当時と信号サイクルが同じだったら、信号は青ですね。審査委員の人に説明し、検討致します」

と言いました。

信号サイクルが事故当時と同じであること、また、審査員Xさんの言葉を信じて、「不起訴不当」つまり、不起訴処分は不相当であり更に詳しく捜査すべきであるという議決になると、私は確信していましたが、審査員Xさんからは、

「審査員のみなさんは、民事裁判の結果を見てから決めましょう、と言っています」

との説明があったのです。

しかし、平成十八年三月三日（金曜日）、名古屋地方裁判所岡崎支部は、

「目撃証言は信用できない」

「バイクが赤で入って来た、バイクのスピードは七十km以上は出ていたようだ、という被告の供述は信用できる」

として、何ひとつ証拠もないまま、原告敗訴の決定をしたのです。（後記に記載）

まさに、死人に口なしの疑問ばかりの判決でした。

納得できなかった私は、平成十八年三月十日ごろ、検察審査会に民事裁判の判決の疑問点を訴えました。

検察審査会の審査員Xさんは、

「三月九日に議決をしたので、今からでは私にはどうすることも出来ません」と言われました。

検察審査会ではこの民事裁判の判決を見て九日に議決、私たちのもとには、平成十八年三月二十三日付けで『「不起訴相当」嫌疑不十分』との通知が届いたのです。

不起訴処分は相当である。

議決の理由、「検察官は、被疑者及び目撃者の供述並びに実況見分の結果を総合すると、

（1）被害者車両は、時速七十一㎞で赤信号の交差点に進入し右転回した被疑者車両に驚愕し、湿潤な道路で転倒滑走させて被疑者車両に衝突した可能性が推認されることから被疑者が被害者車両の動静を注視していたとしても被害者の転倒滑走に対する予見可能性に乏しく、衝突を回避することは困難であったと認められること。

（2）被疑者が右転回を開始したとき、対向直進してくる被害者車両との距離が約七十七・三メートルあることから、被疑者は、被害者車両が交差点進入に当たり、前方を注視し速度を調節するなど正常な運転をすることを期待でき、被疑者が被害車両の到達前に右転回し終わると判断して右転回したとしても、これをもって、対向車との安全確認を怠ったものと断定することはできないこと。

（3）被疑者の弁解を覆すに足りる十分な証拠がないこと。等から不起訴処分（嫌疑不十

分）とした。

その後も、検察審査会に民事裁判の疑問を訴えました。

平成十八年三月末頃、私はどうしても納得することができず、岡崎検察審査会に再度電話をしました。

検察審査会の審査員Xさんはすでに異動され、担当は他の方でしたが、私の説明に対して、「もう勘弁して下さい。私が、これ以上回答すると私の首が飛びますので……」と言いました。

私は、

「もう一度、不服申し立てできますか？」

と聞きました。

それに対して、岡崎審査会の方（名前を忘れましたが）は、

「一度しか出来ません」

と言われました。

私は、ガックンと気持ちが沈み、悔しくて悲しくて言葉も出ませんでした。

検察審査会とは、不当な不起訴処分を抑制するために民意を反映させ適正な判断をするところであり、民事裁判の結果を反映させるところではないと思います。

何故、「信号サイクルが事故当時と同じだったら信号は青です」とまで言いながら、きちんと信号サイクルを調べて検討してくれなかったのでしょう。

●迫る時効、不服申し立てを急ぐ

私は名古屋地方検察庁岡崎支部が下した「不起訴」の判断や、岡崎検察審査会の「不起訴相当」の決定に疑問があったため、もう一度「犯罪被害者ホットライン」に今までの経緯を話し、岡崎支部の検事さんに私が調べた証拠を見て欲しいと電話を入れました。

被害者ホットラインでは、岡崎支部にコンタクトして下さり、平成十八年七月の夕方六時に、名古屋地方検察庁岡崎支部で面談する機会をとっていただきました。

私は仕事を従業員に任せて、知り合いの人と一緒に午後三時頃店を出発し、午後六時前には名古屋地方検察庁岡崎支部に着きました。

名古屋地方検察庁岡崎支部では、I副検事が担当として面談してくださいました。

岡崎支部では、私たち遺族が調べた証拠を提出してもなかなか話を聞いてくれませんでした。それ以前に、提出した証拠を見ようとしないのです。

話がまったく進まないまま、時間だけが過ぎていきます。

そのとき、I副検事がこう言いました。

「私たちは被疑者有利に検討します。この資料を持って帰って下さい」

愕然としました。

私は思わず、

「資料を置いていきますので見てください」

と言い残して、寂しい気持ちで帰途に着きました。

付き添ってくださった方が、

「ここまで来たので、事故現場を見ていきたい」

と言われたので、一緒に事故現場に向かい、実際に道路の形状を見ながら、当時の状況などを説明しました。

しかし、私の頭の中はパニック状態です。目はかすみ、頭はガンガンし、ただ、事故だけはしないでおこうと無我夢中で運転しました。

ようやく自宅に着いたときには、すでに夜中の十二時を過ぎていました。

数日後、Ｉ検事から電話がありました。

「皆で相談した結果、名古屋高等検察庁から指示が出れば再捜査しますので、すぐ名古屋高検に不服申し立てを提出して下さい。とにかく時効が近いので、今すぐにでも、不服申し立てをするということを電話して、その後、すみやかに文章で提出して下さい」

という内容でした。

「時効が近いのですが、間に合いますか？」

とたずねると、Ｉ検事は、

「もちろん、時効が近いことは分かっていますので、早くして下さい」

と言ったのです。

三回ぐらい電話をいただきました。

時効は約三か月に迫っていました。

「被疑者有利に検討します」と言った、あのＩ検事からの電話です。

私は今度こそ絶対に、加害者は起訴されるはずだと信じていました。

●「不服申立に理由はない」と決定した名古屋高検

時効まであと二か月に迫った平成十八年八月十一日、私はS弁護士とともに名古屋高等検察庁に行き、「不服申し立て」を提出しました。

名古屋地方検察庁岡崎支部のI検事から「上司と相談した結果、名古屋高検から指示が出ればすぐ再捜査します」と言われたことも伝えました。

そして、平成十八年九月二十一日、名古屋高検から呼び出しが来たので、私は再びS弁護士と名古屋高等検察庁に出向きました。

面談した名古屋高等検察庁のY検事は、私が提出した証拠等を精査した上で、「息子さん側の信号は青ですね。目撃者の証言は、一番重視しなければならない。被疑者の供述は二転三転しているし、嘘を言っている。とにかく時間が経つと他からいろいろ言われ供述が変わってくるものです。被疑者は、信号は見ていない。警察では信号のことは言っていない」

そうおっしゃいました。

そして、バイクのスピードについては、

「制限時速五十㎞のところ、十㎞ぐらいはオーバーしたかもしれないが、七十一㎞まではでていないでしょう。大学の先生からの嘆願書からも分かるように息子さんは違反をするような人ではない。息子さんの名誉は僕が守ります」

と、浩次に過失があるような言葉は何ひとつ出なかったのです。

私は、名古屋地方検察庁岡崎支部での再捜査、また、一度もおこなわれていない目撃者の実況見分もしてもらえるようお願いしました。


しかし、しばらくして「不服申し立てに理由はない」（平成十八年九月二十九日付）との通知書が届きました。不服申立事件審査結果通知書の裁定理由には、こう書かれていました。

『一件記録を精査するとともに、貴殿らから提出された資料等を子細に検討したところ、被害者阿部浩次氏が、交通規則を遵守して進行していた事はうかがえるものの、他面、被疑者は、本件事故現場交差点内から右回転のため再発進する時点において、対面信号機が赤色を表示していた旨弁解しているところ、目撃者の供述その他関係各証拠を総合しても、被疑者の上記弁解を排斥し、その過失を合理的疑いを容れないまで立証するに足りる証拠はなく、また、今後新たな証拠を発見する見込みもない。よって、名古屋地方検察庁岡崎支部検察官のなした不起訴処分は正当なものとして　是認することができ、これに対する不服申立は理由がない事に帰する。』

いったい、名古屋高検のY検事のあの説明は、なんだったのだろうか……。

私の期待心はもろくも崩れ落ちてしまいました。

「いったいなぜ、不服申し立ては理由がない。となったんですか？　どこからか圧力でもかかったのですか！」

私はすぐにY検事に電話しました。

と、Y検事は尋常ではない慌て方で、

「エッ、いえ、いえ、そんな事はありません！　そんなことは絶対にありません！」

と急に大声で弁解しました。

私はこのとき、なんらかの圧力がかかったに違いないと確信しました。

「息子の名誉を守るとおっしゃいましたね、守られていないじゃないですか！」

すると、Y検事は、

「裁定理由に、交通規則を遵守していることはうかがえる……、と書きましたよ」

と言うのです。

私はすぐに、名古屋地方検察庁岡崎支部に「不服申立に理由はない」という結果になったことを電話で伝えました。

岡崎支部はビックリしたように、

「えっ、検事は、信号は青だと言ったんですよね？」

と、疑問を投げかけてきました。

「はい。そうです」

私は怒りに震えながらそう答えましたが、もう何の返答もありませんでした。

私の頭の中は、検察に対しての疑問ばかりが渦巻いていました。

名古屋高等検察庁のY検事は、浩次の側の信号は青だったと言いつつ、なぜ、加害者を起訴しようとしないのか？

嘘を言い、信号を見ていなかった加害者が、どうして信号は赤だと言えるのか？

目撃者の証言には、信号赤を窺わせる証言はどこにもないのです。

目撃者は一人しかいないはずですが、信号赤との証拠になった証言は、いったいどこの誰が、いつどのような証言をしたのでしょうか。

名古屋地方検察庁岡崎支部でも、「再捜査します」と言い、私もお願いしましたが、なぜ、目撃者の実況見分を一度もしなかったのか？

岡崎支部に再捜査の指示を出さなかったのはなぜなのか。

名古屋地方検察庁岡崎支部のＭ副検事が説明した目撃者の証言と、法廷で証言した目撃者の証言がなぜ違うのか……。

そういえば、私の家に加害者の保険会社の担当者から、

「お前の息子が赤で入ったんだ」

という脅迫めいた電話が入った後に、加害者が検察庁で急に嘘の供述をし始めたのです。

目撃者の証言は、事故後十日後ぐらいに自分から出頭して加害者も被害者も知らないときの警察での証言であり、それが真実であると思います。

名古屋高検のＹ検事は、「被疑者は警察では信号のことを言っていない」と説明していたとおり、警察での調書を見て全てを知っているのです。

平成十五年頃、私は豊田警察に電話して事故の担当者だったE警察官に平成十三年十二月九日の説明内容を確認したのですが、

「あなた達に説明したことは、検察庁に送ってあります」

という返答が返ってくるだけでした。


息子が赤信号で入ったと言うなら、検察庁は被疑者の供述以外に、信号無視、スピード違反の証拠をつかんでいるはずですが、その説明がなにひとつ出来ないのです。

その後も私は、

「不起訴理由の根拠・証拠は何ですか?」

「M副検事はなぜ、事実と異なる目撃者の証言を私に説明したのですか?」

「信号は青の他に、起訴するためには何が不足だったのですか?」

「目撃者の実況見分、再捜査を何故しなかったのですか?」

という質問をおこない、その回答を名古屋高等検察庁に求めました。しかし、返ってくるのは、「回答できません」という答えの繰り返しでした。


名古屋高等検察庁のY検事は、「信号青」と知りながら、岡崎支部のM副検事が警察で

の目撃者証言を改ざんし、加害者の嘘の供述で「不起訴」に決めたことを知りつつ、非のある加害者を故意に逃がしたのです。

●最高察庁に「不起訴理由の内容要旨の確認依頼」を提出

私は名古屋高等検察庁のS総務部長に宛て、

「息子が信号無視、スピード七十一㎞という根拠、証拠は何か？　なぜ、名古屋地方検察庁岡崎支部のM副検事は、目撃者の証言とは異なる証言を遺族に説明したのか？　名古屋高等検察庁のY検事は、信号青と説明しながら、なぜ、起訴しなかったのか？」

という質問を何度もしましたが、その都度、「回答できません」という返信しかないので、平成十九年一月六日、最高検察庁にその回答を求めて、「不起訴理由の内容要旨の確認依頼」を送付しました。

平成十九年二月二十日、最高検察庁のT検事は、名古屋高等検察庁に「不起訴理由の内容要旨の確認依頼」の回答を指示してくださいました。

平成十九年二月二十日付けで、最高検察庁のT検事から、

『この度は突然の犯罪によりかけがえのないご子息を失われた阿部さまのお悲しみはいかばかりかと存じます。（中略）名古屋地方検察庁岡崎支部及び名古屋高等検察庁には、阿部さんからの書面の写しを送付の上、まずは、名古屋高等検察庁において、阿部さんからのご質問に対して適切に対応するように指示致しましたのでご了解願います。』

との書面をいただきました。

私は、最高検から指示が出たならきっと答えてくれるに違いない、と名古屋高等検察庁を信じていました。

●最高検の指示にも従わない名古屋高検S総務部長

最高検察庁のT検事から指示が出てから約一か月後、名古屋高等検察庁のS総務部長から、

「最高検察庁から指示が出ました。つきましては阿部さんの要望をお聞きしたいので、来庁して下さい」

との電話がありました。

私は、今度こそ真実が明かされると思い舞い上がっていました。そして、S弁護士さんに一緒に行っていただくようお願いしました。

しかし、「行くことが出来ない」との返事。困り果てた私は、店のお客さんに頼み、一緒に行っていただきました。

S総務部長は、最高検察庁に依頼した質問、「不起訴の根拠・証拠は何か、M副検事は、何故事実と異なる説明をしたのか、信号青で何故起訴出来ないのか、岡崎支部では、再捜査します、と言っているのに何故、指示しなかったのか。」については無言で回答はありません。

また、

「不起訴は、嫌疑不十分（証拠が不十分）です」

と、名古屋高等検察庁のS総務部長は言ったので、私は、

「そうではないでしょ。信号無視、スピード七十一kmになっているはずです。見て下さい」

と言いました。

S総務部長は、分厚い書類を持って来て広げました。

私は、

「あっ、ほら、ここに書いてあるではないですか」

と指をさして言うと、

「ああ、ここですね」

と言い、慌ててそのページを閉じて書類を豪華な総務部長の机に戻しに行きました。

S総務部長さえも不起訴理由を紛らわそうとしています。

S総務部長は、最高検察庁から指示が出たのにもかかわらず、私が最高検察庁に提出した問いに何も回答しないので、

「なぜ、岡崎支部で再捜査すると言ったのに再捜査の指示を出して下さらなかったのですか？　被疑者（加害者）は嘘を言っているので偽証罪で起訴して下さい。検察の『不起訴』の決定は間違いでしょう？　不起訴は間違いでした。と書いて下さい。裁判に出します。起訴していれば、民事裁判に負けることはないですよ」

と言うと、首を縦に振り、小さな声で、

「はい。再審に出すのですか？」

と言いました。

そして、独り言のように、

「岡崎支部で決めたんだから、岡崎支部で勝手に再捜査すればいいのに……」

とつぶやいていました。

名古屋地方検察庁岡崎支部は、高等検察庁から指示が出なくても勝手に再捜査できるのでしょうか。

もし、それが可能であれば、すぐに再捜査してくれたと思うのです。

S総務部長は、細々と、

「今は、時効になってしまい、再捜査は出来ません。目撃者が嘘を言えば起訴しますが、残念ですが、被疑者が嘘を言っても起訴出来ません。不起訴は間違っていました、と文章にして書く事はできません」

うつむきながらそう言いました。

「残念ですが、被疑者が嘘を言っても起訴出来ません」という言葉は、加害者が嘘を言っていることを認め、「文章にして書くことは出来ません」とは、不起訴が間違っていることも肯定しているのではないでしょうか。間違っていなければ、間違っていないと言い、その理由を説明するべきです。

約四時間半の面談中、総務部長はほとんどうつむき、私の顔を見ることもなく、私達が部長室を出るときも、私の顔を見ないまま、深々と頭を下げていました。

●虚偽説明をした最高検察庁

平成二十一年十一月二十一日、最高検察庁刑事部宛に前記の事柄につき再度回答を求める依頼をしました。

その後、最高検察庁から電話があり、平成二十一年十二月二十四日、最高検察庁のW検事が事務官と共に私宅に来てくださり、約四時間面談しました。

W検事は、「不起訴の根拠は何か?」という問いに対し、目撃者の警察での証言により、確かに信号は青という情報があったのにもかかわらず、「十四年十二月二十六日の不起訴決定日にはその情報（加害者の嘘の供述）しかなかったのです」

と言ったのです。

しかし、私が、

「事故から十日後ぐらいに目撃者が自分から警察に出頭してくださり、警察では目撃者が出てくださいました。そのときは、信号は確かに青でしたと、私達に説明したんです。事故後、自ら出頭して下さった目撃者の信号青の確実な情報があったのです」

と言うと、下を向き黙り込みました。

名古屋地方検察庁岡崎支部のM副検事の「目撃者は、事故がおきてすぐ信号を見たら青だった」という言葉、そして、「加害者が車から降りてきて軽トラックの前を見たり後ろの方を覗いたりしてから、倒れている人のところへ行ったのを見てから、はっとして信号を見たら青になっていた」との目撃者証言は、青信号を見た時間差が二十五秒以上（実験の結果）あるのにもかかわらず、最高検察庁のW検事は、「感覚の差です」と言ったのです。感覚の差という言葉で紛らわそうとしたのです。

しかし、一秒～二秒を争う事案では感覚の差とは言えないと思います。

私が、

「二十五秒走ると四百mぐらい走るでしょ。同じではないでしょ！」

と言うと、最高検察庁のW検事も、

「そうですね」

と言いました。

二十五秒前にバイクが進入していたら事故には遭ってはいないはずです。

●M副検事の言葉を隠ぺいした最高検

名古屋地方検察庁岡崎支部のM副検事が発した、「被疑者は、初めから赤だと言ってんだ～！」という言葉について、最高検察庁のW検事は、

「嘘は言っていませんよ。被疑者は、初めから赤だと言っていましたよ」

と言いました。

しかし私が、

「警察では、信号のことは言っていないのです。捜査報告書にも書いてありません。名古屋高等検察庁のY検事も、被疑者は警察では信号の事は言っていない、と私とS弁護士の前で説明しました。警察で被疑者が信号は赤だった、と言っていれば、警察官は、目撃者が出てくれました。信号は確かに青です、とは言わないでしょう」

と、説明すると、最高検察庁のW検事は、またしても下を向いて黙り込みました。

そして、名古屋地方検察庁岡崎支部のM副検事が、「あの節は本当に申し訳ございませんでした。ただ、被疑者が赤になったので出た、と言っていましたので、本当に申し訳御座いませんでした」と言った言葉については、

「平成十四年十二月二十六日、怒鳴った事に対して、申し訳ございませんでした、と言ったのでしょう」

と言ったのです。

私はすかさず、

「『あの節は申し訳ございませんでした。ただ、被疑者が、赤になったので出た、と言っていましたので、本当に申し訳ございませんでした』と言ったんですよ。怒ったことに対して謝った言葉ではありません」

と言い返しました。また、

「名古屋高等検察庁に、再捜査してください、とお願いしたのにもかかわらず、何故再捜査してくれなかったのですか」

とたずねると、最高検察庁のW検事は、

「再捜査しましたよ。被疑者を呼んで話を聞きましたよ」

私は、

「それは、再捜査ではありません。目撃者も呼ばないし、名古屋地方検察庁岡崎支部に再捜査の指示も出していません。名古屋高等検察庁のS総務部長さんも、時効が過ぎてしまい今からは再捜査できないと言っていました」

最高検察庁のW検事は黙ったままでした。

加害者を呼んで話を聞いても、加害者が嘘を言い通す事は分かっているのです。私が要望した再捜査とは、目撃者の実況見分をすること。名古屋地方検察庁岡崎支部が再捜査することであって、被疑者を呼んで話を聞いてくれとは言っていません。加害者を呼んで話を聞いたことが再捜査と言えるのでしょうか。

私がお願いした再捜査とは全く違う事です。

そのときW検事は薄笑いしながら、

「一番大事なことは、信号です」

と言ったので、私は目撃者の証言、加害者の行動から、信号サイクルにより、信号は青であったこと、そして信号サイクル表では確実に、信号青二十秒以上残っていたことを説明しました。

信号サイクルにより、目撃者側の信号が青になってから、左折した次の交差点が赤から青に変わる時間は十七秒です。浩次のバイクが交差点に進入してから、目撃者が倒れているバイクの横を過ぎ、細谷町で止まっている時間を見るまでの時間は、実験の結果、約三十九秒です。

A　浩次のバイクが停止線を通過してから衝突までの時間＝約二・五秒

B　衝突後、加害者がバイクの滑走を目撃してから軽トラックを降車するまでの時間＝約七秒

C　加害者が、軽トラックを降車して浩次が倒れているのを目撃するまでの時間＝約十七秒

D　目撃者が、対面信号の青に気づき発進して、倒れているバイクの横を通り、細谷町の交差点で信号待ちで止まっている車を見た時間＝約十三秒

A＋B＋C＝二・五秒＋七秒＋十七秒＝二六・五秒

目撃者の対面信号が青になった時、目撃者が、向かった細谷町の交差点の信号赤は残り十七秒です。（信号サイクルから）

目撃者が発進してから次の交差点で信号待ちの車を見るまでの時間は約十三秒（実験の結果）、十七秒−十三秒＝四秒です。

事故は、目撃者が信号青を確認し発進する前に起きているのです。

バイクが交差点に入ってから目撃者が事故後に加害者の行動を見て青信号に気がつくまで約四秒では絶対に出来ません。

私は、最高検察庁のＷ検事に、こう詰め寄りました。

「もし、四秒でこの動作が出来るというなら、検事さん、あなたがやってみてください」

しかし、黙って下を向いたままです。

私は、

「この回答があるまで私は絶対におりませんからね」

と言いました。

実験の結果、バイクが交差点に進入してから、目撃者が、自分の対面信号が青になったのを確認するまで、少なくても二十五秒以上かかります。少なくとも二十秒以上の信号青が残っていたことになるのです。

また、目撃者が信号青を確認して、次の交差点（細谷町）に向かったとき、止まっていた車は、浩次のすぐ前を走っていた数台の車であることは間違いありません。

目撃者は民事裁判で、「事故後、私が信号青を見て発進するまで交差点内での車の動向はありませんでした」と証言しています。

交差点には、連動関係があることから、細谷町の交差点（目撃者が、信号青を見て発進して向かった交差点）が赤になってから、三十二秒後に小川町の交差点（事故現場）が赤になります。

目撃者の別件民事裁判での証言は、浩次のすぐ前を走って行った車の一瞬あと（一～二秒後）にバイクが通ったと証言しています。

加害者は、五～六秒後にバイクが来た、と供述しています。

すると、目撃者の証言では三十二秒－（一～二秒）＝三十一～三十秒後に小川町の交差点が赤になります。

加害者の供述では、三十二秒－（五～六秒）＝二十七～二十六秒後に小川町の交差点は赤になります。

目撃者の証言では息子の前を走っていた車が細谷町の交差点に止まってから約一秒後、加害者の供述では約五秒後に、息子は細谷町交差点に来るはずでした。

つまり、目撃者の証言、加害者の供述によっても二十秒以上の信号青が残っていたことが明白です。

「バイクが赤信号で進入した」という加害者の供述により、息子が赤信号で進入した場合、次の交差点（細谷町）はすでに青に変わっており、止まっている車はないのです。

加害者は明らかに嘘を言っている、そして、浩次が青信号で交差点に入ったことは確実です。

私が最高検察庁のW検事に、信号サイクル表で信号青を説明し終わったとき、最高検察庁のW検事の顔色がサッと変わり、下を向いて黙り込んでしまいました。

すでに午後五時を過ぎていました。

最後にW検事は、

「国家賠償訴訟を提起して下さい。そうすれば国からお金が出ます。もう、それしか方法がありません」

と、言いました。これは、公務員の業務中の不法行為で損害を受けた人が、国家賠償法により国や地方自治体の賠償責任を問う訴訟です。

このとき、W検事は検察の不法行為を認めたのだと私は思いました。

第六章　裁判・闘いの記録

私は今まで、警察、検察、裁判所とは無縁の生活をしてきました。

司法とは、一貫して、厳正公平、不偏不党を旨とし、一つひとつの事件に真摯に取り組んでいただけるところだと信じて疑うことも知りませんでした。

平成十三年十月十六日、交通事故により大切な息子を失ってから、その思いは裏切られました。

警察では、「目撃者が出てくださいました。信号は確かに青です。事故の原因は加害者です」という説明を受けていたのに、検察に上がった途端、信号の色が青から赤に変わり、息子のほうが、信号無視、スピード違反をしたことになっていたのです。

当然、加害者は不起訴となりました。

この決定に疑問を持った私は、名古屋高等検察庁に不服申し立てをしました。

名古屋高等検察庁のY検事は当初、「信号は青ですね。加害者は嘘を言っている。信号は見ていない」と説明していました。ところが、そのY検事が、「不服申し立てに理由はない」と、決定したのです。

私は大きな疑問を感じ、名古屋高等検察庁に、息子が信号無視、スピード違反をしたと判断した根拠、証拠の説明を何回も依頼しました。

しかし、「回答できません」という書類が返ってくるだけでした。

どうしても納得できなかった私は最高検察庁に、不起訴理由を明確に説明するよう「不起訴理由依頼」を提出したところ、最高検察庁のT検事から「名古屋高等検察庁に阿部様からのご質問に対し適切に対応するよう指示致しましたのでご了解願います」という書面が届きました。

しかし、名古屋高等検察庁のS総務部長と面談をしたものの、その後、回答はありません。

私は最高検察庁に、再度回答を依頼しました。

平成十九年十二月二十四日、最高検のW検事と我が家において面談しましたが、副検事を庇い、私の説明には何も返答が出来ず、最後には、「国家賠償して下さい。もうそれしかない」と言い残して帰っていきました。

その後、私は国家賠償（＝国又は公共団体の公権力の行使に当る公務員が、その職務を行うについて、故意又は過失によって違法に他人に損害を加えたときは、国又は公共団体が、これを 賠償する責に任ずる）の裁判を起こしましたが、棄却されました。

いったい、誰のための司法でしょうか。

「交通事故に対しての理不尽な見解」
「検察の理不尽な捜査決定」
「裁判所の理不尽なでっち上げ裁判」

私は、息子の名誉を守るため、周囲には無謀だと言われながらも検察庁を訴え、ときには本人訴訟で、最高裁まで懸命に闘いました。

第六章　裁判・闘いの記録

「青信号」という説明が、突然「赤信号」になったことが発端となって始まった、終わりの見えない闘いの日々——。

この章は、息子の事故をきっかけに私が体験した複数の裁判や手続きの主要な部分を抜粋し、私自身の疑問を併記しながら記録したものです。

ときにはひとりよがりの主張や法律用語の誤りがあるかもしれませんが、その点は素人の文章としてお許しいただければ幸いです。

1　検察を訴えた、国家賠償訴訟

平成二十三年七月十二日、私は検察の不法行為を問うため、静岡地方裁判所に国家賠償訴訟の訴状を提出しました。

相談に行ったどの弁護士さんも「国家賠償」という言葉を出しただけで断られたので、結局、本人訴訟を起こすしかなかったのです。

この裁判で裁判所は、①から⑤までの不法行為に関する争点に対して以下のような判断を下しました。

その内容と裁判所の判断、私の疑問を順に列挙したいと思います。

①名古屋地方検察庁岡崎支部のM副検事が、目撃者の証言を改ざんし、被疑者の警察における供述ではなく、事故から数か月後の嘘の供述を元に、被疑者を不起訴とする旨決定したことについて

【裁判所の判断】

原告らは、名古屋地方検察庁岡崎支部のM副検事が、目撃者の証拠を改ざんし、加害者の警察における供述ではなく事故から数か月後の供述を元に加害者を不起訴とする旨の本件処分をした事は不法行為に当たる、と主張する。

そして原告・智恵は、本件尋問及び同人作成に係る陳述書において、平成十三年十二月九日、豊田警察署の警察官は、目撃者が出てきて被害車両の信号は確かに青であった、本件事故は、加害者がUターンする為に出てきた事によって起こった事故であると説明した事、平成十四年十二月二十六日、M副検事は目撃者は事故が起きてすぐ信号を見たら青だと言っている、被疑者（加害者）は、赤になったから出たと言っていると述べ、警察での説明とM副検事の言った事が百八十度変わった事、平成十五年頃、豊田警察署の警察官に電話して「あなたは確かに信号は青と言いましたね。この事故の原因は加害者だと言う事も言いましたね。」と尋ねたところ、警察官は、「あなた達にお話ししたことは検察庁の方に送ってあります。」と返答した事、平成十六年一月三十日ころ、目撃者から電話があり、不起訴になるとは思っていなかった、信号は青か黄色であったと述べた事など供述あるいは陳述し、これらを根拠に、M副検事は、目撃者の証言を改ざんしたとする。

証拠によれば、本件事故の目撃者は、別件民事訴訟において、本件事故当時、自家用車を運転し、対面信号が赤色であった為、本件交差点の東側交差道路上に先頭車両として停車していたところ、南進車線を二、三台の四輪自動車が右方から左方へ通過してから一瞬間が空いてから四輪自動車ではない黒い物体（バイク）が普通に感じられる速度で右方から左方へ通過しドンと言う音がしたのでその方に目をやると、バイクと人が二つに分かれる様子や既に停止していた加害車両を目撃した。

その後、しばらくの間呆然としてしまい、我に返って前方を見ると対面車両用信号が青色になっていたと供述している事が認められる。

（中略）目撃者は、別件民事訴訟で供述した上記経緯を順を追って話した、その後、検察庁でも同じような話をした。

警察や検察庁で調書を作成したかどうかははっきり覚えていないなど供述し、本件事故の直後に警察あるいは検察庁で述べたことと別件民事訴訟の供述とは、ほぼ同旨であると述べている事からすれば、目撃者が、本件処分に先立って、浩次の対面信号が青色であったと述べていたとは見られない。

また、確かに上記目撃者の供述は、事故が起きてすぐ信号を見たら自らの対面信号が青になっていたとは言っていないが、一方、目撃者は、警察あるいは検察庁において自己の供述内容に反する調書が作成された事を窺わせる供述はしておらず、他にM副検事が目撃者の供述を改ざんした内容の調書を作成したなどの事実を認めるに足りる証拠もない。

そうすると、M副検事が目撃者の証言を改ざんした事を前提として、M副検事の不法行為を言う原告らの主張は、前提を欠くと言わざるをえず、採用できない。

【私の疑問】

静岡地方裁判所は、「目撃者の供述は、確かに事故が起きてすぐ信号を見たら自らの対面信号が青になっていたとは言っていない」と判断しているのです。

名古屋地方検察庁岡崎支部のM副検事が、目撃者の証言とは異なることを目撃者の証言としたことが、M副検事が改ざんした証拠です。

名古屋地方検察庁岡崎支部のM検事は、「目撃者は、事故が起きてすぐ自らの対面信号を見ると青になっていた、と言った。だから信号が双方赤になる三秒間に入ったんだ」と説明したのです。

しかし目撃者は、事故が起きてからバイクが滑って行く様子や、加害者の行動を見てから「信号青を確認しました」と証言していました。

静岡地方裁判所も「目撃者は、本件事故の直後に警察あるいは検察庁で順を追って述べた事と別件民事訴訟の供述とほぼ同旨であると述べている」と目撃者の証言を認めているのです。

M副検事の説明した目撃者の証言と、法廷での目撃者の証言では、時間差が約二十五秒以上あるので全く違うのです。

静岡地方裁判所では、「目撃者は、警察あるいは検察庁において自己の供述内容に反する調書が作成されたことを窺わせる供述はしておらず……」と判断していますが、検察官、検察庁が目撃者の供述を改ざんしたことを漏えいすることがあるのでしょうか。

しかも、検察庁や検察官が目撃者に「目撃者の自己の供述内容に反した証書を作成した」と外部に漏らすことは、検察の不法行為に当たるのではないでしょうか。

目撃者は私に電話をくださったとき、「検察から電話がきて、不起訴になったと聞いてビックリしました。私は不起訴になるとは思っていませんでしたので」と言ったのであって、改ざんされたことを知っていればこのような言葉を発しないはずです。

それなのに「目撃者は警察あるいは検察庁において自己の供述内容に反する調書が作成されたことを窺わせる供述はしておらず」と判断したことは、道理に合わないのではないでしょうか。

警察、検察、民事裁判での目撃者の証言には、信号赤を窺わせる証言はどこにもありません。

M副検事が目撃者の証言を改ざんし、加害者の嘘の供述をもとに加害者を「不起訴」にしたことは明白、不法行為です。

また副検事は、一度の呼び出しも電話もなく、加害者「不起訴」の決定をしたのですが、交通事故で娘さんを亡くされた愛知県在住のご遺族は、

「私達も名古屋地方検察庁のM副検事だったけれど、何回もあっていろいろ教えてもらって、とってもよくしてもらいました」

と言っていました。

同じ交通事故遺族です。なぜ、こんなに対応が違うのでしょうか。

②名古屋高等検察庁のY検事が、自ら被害者（阿部浩次）の対面信号が青だということを

わかっていながら、M副検事が改ざんした証拠に基づき、原告らの不服申し立てに理由がないとしたことについて

【裁判所の判断】

名古屋高等検察庁のY検事は、浩次が交通規則を遵守して進行していたこと、すなわち、浩次の対面信号機は赤ではなかったことがうかがわれると認めつつ、検察官が被疑者の過失を積極的に立証しなければならない刑事事件の構造に照らすと対面信号機が赤であるとの加害者の弁解を排斥し、その過失を合理的に疑いを容れないままで立証するに足りる証拠がなく、又、今後新たな証拠を発見し得る見込みがないとして、本件処分を是認する旨の本件裁定をしたとみられるのであり、いずれにせよ、Y検事が本件裁定をした事が不法行為に当たると言う事は出来ない。

【私の疑問】

すでに述べているとおり、名古屋地方検察庁岡崎支部のM副検事が目撃者の証言を故意に改ざんしたことは明白です。

以下は、平成十八年九月二十一日、名古屋高等検察庁のY検事による、S弁護士と私の面談の席での説明です。

〈名古屋高等検察庁Y検事の説明〉

・信号は青ですね。（豊田警察官も、信号は確かに青）
・目撃者の証言は、一番重視なければならない。
・被疑者（加害者）は、嘘を言っている。
・被疑者は、信号を見ていない。
・被疑者は、警察では信号の事は言っていない。
・スピードは、約六十km。（目撃者の証言とほぼ同じ）
・息子さんは、違反をするような人ではない。
・息子さんの名誉は、僕が守る。

この説明で、息子の対面信号が青だと認めているのです。
目撃者の証言には、青を窺わせる言葉はありますが、信号赤を窺わせる言葉はありません。

私は、この説明で必ず加害者を起訴してくれるものと思い、「どうか起訴して下さい」とお願いしました。

名古屋高等検察庁のY検事は、「まだ、分からない」との返答でした。

Y検事は、「被疑者は、警察では信号のことは、言っていない」と説明しました。

これは、警察の調書を見なければ分からないこと、全ての内容を知りつつ、右記の説明をしたものです。

どこからか圧力がかかり加害者を罪から逃がしたのでしょうか。

名古屋高等検察庁Y検事の裁定の、内容の質問に対し、被告（国）が回答出来ないのはなぜでしょうか。

●不起訴の根拠・証拠を示して下さい。

●嘘を言い信号を見ていない被疑者はどうして信号は赤だったと言えるのでしょうか。

●目撃者は、信号青を窺わせる証言はありますが、信号赤をうかがわせる証言はしていません。

●裁定の中の目撃者とはどこの誰がどの様な内容の証言をしたのでしょうか。目撃者は、一人しかいません。

●時効前に再捜査を依頼しましたが、名古屋地方検察庁岡崎支部に、何故再捜査の指示をしなかったのでしょうか。
●その他の関係各証拠とは、信号赤を認めるどのような証拠でしょうか。
●起訴するためには信号青の他に何が不足で起訴しなかったのでしょうか。

私は回答を求めて「求釈明書」を提出したのですが、国は「回答する必要はない」と言ったのです。

なぜ、回答しなくていいのでしょうか。

M副検事が故意に目撃者の証言を改ざんしたことを知りつつ、Y検事は事実に反した決定をしたのです。

高検のY検事は信号青と知りながら、犯人を逃がした犯人隠避罪ではないでしょうか。加害者に非がある説明をしながら八日後、「不服申し立てに理由はない」と決定したのはなぜですか。

息子には、「信号無視・スピード七十一㎞」の証拠はありません。息子は本当に、信号無視、スピード七十一㎞で進入したのでしょうか。

息子が信号青で進入、スピード約六十㎞で進行していたことを知りながら、嘘を言い、信号を見ていない加害者の嘘の供述や名古屋地方検察庁岡崎支部のM副検事が目撃者の証言を改ざんした証拠に基づき、「不服申し立てに理由はない」としたことは、名古屋高等検察庁のY検事の不法行為です。

③名古屋高等検察庁のS総務部長が、M副検事が証拠を改ざんしたことがわかりきっていながら、不起訴の根拠は何かなどの原告等の質問に回答することもなく、事案の解明を怠ったことについて（弁護士が行ってくれないため、店のお客さんと約四時間半にわたって面談）

【裁判所の判断】

上記面談の時点（平成十九年三月二十二日）では、被疑者に関する業務上過失致死事件の公訴時効は経過していたものと認められ、被疑者本人を刑法百六十九条の偽証罪（嘘を言った罪）に問うこともできないのであるから、総務部長が事案の解明を怠ったとも言えず、総務部長につき不法行為があったと言う事は出来ない。

【私の疑問】

平成十九年一月六日、私は最高検察庁に、不起訴理由の内容要旨の確認依頼を提出し、その回答と事故の真実の解明を名古屋高等検察庁に依頼したものであって、偽証罪で起訴することではない。裁判所の判断は、争点の原点が間違っているのです。

私は名古屋高等検察庁S総務部長に、「不起訴の根拠・証拠は何か」「M副検事は、なぜ、事実と異なる説明をしたのか（目撃者の証拠改ざん）」「信号青の他に、起訴する為には何が不足で起訴しなかったのか」などの回答を求めたのです。

加害者を偽証罪では起訴出来ないことは知っています。偽証罪で起訴してくださいと言ったのは、S総務部長が加害者の嘘の供述を認めるかを知りたくて言ったのです。

その後も、S総務部長に回答を依頼したものの、「回答出来ない」という回答書面ばかりでした。

その後、S総務部長からK総務部長に変わりましたが、M副検事、Y検事、S総務部長あてに回答を求め、切手を貼った返信用封筒も同封しK総務部長に送付しました。

しかし、K総務部長はそれらを個々に送付もせず、封も切らずに返送してきました。この上ない卑劣な非礼な行為ではないでしょうか。

最高検察庁のT検事の指示にも従わず、今までに何回もの回答依頼にも回答もなく、事案を解明する意思は全くないのです。

検察庁は、決定した事案について説明をしなければならない、それを怠ったことは、名古屋高等検察庁のS総務部長の不法行為です。

④最高検察庁のW検事が嘘を言い続けて事実を隠蔽しようとしたことについて

【裁判所の判断】

名古屋地方検察庁岡崎支部のM副検事が、目撃者の証拠を改ざんした事を隠ぺいする為、最高検察庁のW検事が言い逃れをしたとの事実は認められない。また、被疑者を呼んで話を聞く程度の事では再捜査にあたらないとするのは原告らの見解であり、再捜査をしていないのに再捜査をしたと嘘を言ったとまでは言えないし、原告が国家賠償請求を行う事に異を唱えなかったからと言ってそれが最高検察庁のW検事が嘘を言っていることを裏付ける事にもならない。

したがって、最高検察庁W検事が不法行為を行ったとの原告らの主張は採用できない。

【私の疑問】

裁判所の判断の争点が間違っています。

平成二十一年十二月二十四日、最高検察庁のW検事と原告である私の家で面談しました。最高検察庁のW検事は、名古屋地方検察庁岡崎支部のM副検事、名古屋高等検察庁のY検事、総務部長から事情を聞き、事件の解明のために原告宅に来たのです。

しかし、不起訴の根拠は何か、副検事はなぜ事実と異なることを説明したのか？　などの問いに、事実と異なる説明をして、私が反論すると、黙り込んだり、「そうですね」と同意したりしました。

最高検察庁のW検事は全て事実を知っていながら、名古屋地方検察庁岡崎支部のM副検事たちの不法行為を隠ぺいしようとしたのですが、原告の真実の説明に反論出来なかったのです。

再捜査をしていないのに再捜査をしたと嘘を言ったとか、国家賠償請求を行うことに異を唱えなかったからといって、それが、最高検察庁のW検事が嘘を言っているということではありません。

不起訴とした証拠を知りながら、嘘を言い、真実の証拠などを隠ぺいしようとしたことは不法行為です。

最後に、「国家賠償してください。もうそれしか方法がない」と言った言葉は、私の主張が正しいことを認めたのだと思います。

最高検のW検事は、事実と異なる説明をして、真実を知りながら隠ぺいしようとしたことは明白です。

最高検察庁の検事までもが嘘を言い、隠ぺいしようとしたことは、検察庁のメンツのため、検察庁ぐるみで組織を守るために事実を闇に葬ろうとしたのでしょう。

最高検察庁の検事でありながら嘘を言い、隠ぺいしようとしたことは、検察庁を信じている国民に対しての裏切り行為であり不法行為です。

⑤岡崎検察審査会が適正な捜査をしなかったことについて

【裁判所の判断】

目撃者の供述やそれに基づく原告らの信号サイクルに関する主張を勘案してもなお、「本件事件発生時の被害者の対面信号が青色を表示していた事を厳密に立証することは困難であり、事故後四年を経過していることから、今後、証拠を収集できる見込みも極めて少なく、検察官は不起訴処分の裁定を覆すに足りる証拠がない」として、本件を議決した。目撃者の供述やそれに基づく原告らの信号サイクルに関する主張を勘案してもなお、「本件事故発生時の被害者の対面信号機が青色を表示していた事を厳密に立証することは、困難」と判断したものと見るべきであるから、岡崎検察審査会が適正な審査をしなかったとの原告らの主張は採用できない。

【私の疑問】

岡崎検察審査会の審査員Xさんは、私が信号サイクルについて説明すると、「事故当時と信号サイクルが同じだったら信号は青ですね。でも審査員が、民事裁判の結果を見てからにしましょう。と言っていますので」と言われました。

検察審査会では、「信号サイクルが同じだったら信号は青です」と言いながら、私達が提出した一番大事な証拠である信号サイクルも調べず、M副検事が改ざんした目撃者の証言と、加害者が後で言い出した嘘の供述、又、民事裁判の敗訴の結果から、信号赤、スピード七十一kmの「不起訴相当」嫌疑不十分としたのです。

検察審査会は、信号サイクルを厳密に調べていないだけでなく、不起訴の理由となった、「信号赤、スピード七十一km」の証拠も調べていないのです。

『被疑者が右回転するとき、対向直進してくる被害者車両と加害車両の距離が約七十七・三mある事から……』と判断されていますが、七十七・三mあれば、事故は起きません。私でも事故は防げます。

検察審査会は、公訴権の実行について民意を反映させてその適正を図るために設けられた機関であるにも関わらず、上記の事柄を調べも、検討もせず、M副検事が改ざんした証拠と、民事裁判の敗訴判決に基づいて議決したことは、公訴権の実行について民意を反映させてその適正な審査をするべき機関である検察審査会がそれを故意に怠ったことになります。

岡崎検察審査会は、私の提出した証拠を何も調べず、いったい何を審査したのでしょうか。

検察庁の決定、民事裁判の判断ではなく、民意を反映して初めて、審査会としての意味があるのではないでしょうか。

裁判の結果を基に議決する審査会は必要ありません。

【国家賠償訴訟・静岡地方裁判所・判決】（平成二十四年八月二十二日）

主　文

一、原告らの請求をいずれも棄却する。

二、訟費用は原告らの負担とする。

よって、原告らの請求はその余の点につき判断するまでもなく、いずれも理由がないからこれを棄却し、訴訟費用の負担につき民事訴訟法六十一条を適用して、主文のとおり判決する。

【私の疑問】

静岡地方裁判所は、『目撃者は警察、検察でも別件名古屋地方裁判所岡崎支部で証言したと同旨を順を追って証言したことが認められる』と、判断しています。

裁判官は「目撃者の供述は、事故が起きてすぐ信号を見たら自らの対面信号が青になっていたとは言っていないが」と判断し、副検事が説明したことと目撃者の証言が違うことを認めています。それなのに、「目撃者は、自己の供述内容に反する調書が作成されたことを窺わせる供述はしておらず、他にM副検事が目撃者の供述を改ざんした内容の調書を作成したなどの事実を認めるに足りる証拠もない」といった判断をするのは、圧力としか考えられません。

最終弁論が終わった後、書記官に、

「阿部さん、これをまとめなければならないので、もう少しお聞きしたいことがあります。後で裁判所に来てください」

と言われ、私は勝ったと思いました。なぜなら、棄却ならばそのようなことは言わないと思ったからです。

しかしその後、呼び出しはないまま判決は棄却と決定しました。

私が、

「圧力がかかったんですね」

と書記官に問うと、書記官は、

「不服ならば控訴してください」

と言っただけでした。

傍聴に来ていただいた人たちからも、

「えっ、あんなに好意的だった裁判官の態度が、がらりと変わった。なんで棄却？」

と疑問の声が上がりました。

私には、棄却の理由が分かりません。被告（国）は答弁書の中で「原告は、ただ違法性を主張しているに過ぎない」と主張して、違法性があるとして棄却された判例などを証拠とし、また虚偽の説明までしているのです。

私の主張に対し、何ひとつとして反論できていません。

国は、私が提出した「求釈明書」に対して「これを説明する必要がない」と反論したのです。なぜ、釈明できないのでしょう。

以下に、名古屋地方検察庁岡崎支部のM副検事が改ざんした証拠を挙げてみたいと思います。
①警察では、目撃者の証言から、「信号は確かに青」と言っていたが、M副検事に担当が変わると途端に、「信号は赤」と、百八十度変わった。

②目撃者は交差点の最前列において、対面信号が赤の為に信号待ちのために止まっていた。
③不起訴決定の時のM副検事の目撃者の証言とされる説明と、半月後の目撃者の証言とされるM副検事の説明が違っている。
④M副検事は後日の電話で、「申し訳ございませんでした。ただ、被疑者が、赤になったから出た。と言っていましたので本当に申し訳ございません」と言ったが、これは加害者の嘘の供述で決めたことを謝っている。
⑤名古屋高等検察庁のY検事も「信号は、青ですね」と説明している。
⑥愛知県交通課の信号サイクルより、目撃者の証言、加害者の行動から、確実に約二十秒以上の信号青が証明された。
⑦信号サイクルにより説明した全ての人が信号青を示唆している。
⑧ただ一人、加害者だけが「信号赤だった。」と言っているが、その証拠も、根拠も説明できない。
⑨目撃者は私に電話をくださったとき、「信号は青、または黄色」と説明した。
⑩目撃者の証言には、信号赤を窺わせる言葉は全くない。
⑪裁判所も目撃者の証言を認めている。目撃者の証言を基に、信号青を証明したがなぜ認

められないのか。

裁判官は裁判中の私の説明の全てに対して、内容を確認しながら、ニコニコと相槌を打っていました。

私の説明に納得してくださったと思っていたのですが……。

【国家賠償訴訟控訴審・東京高等裁判所・判決】（平成二十四年十月十六日）

一、当裁判所の判断は、後記二のとおり当審における控訴人らの主張に対する判断を加えるほかは、原判決（静岡地方裁判所）の「事実及び理由」の「第三、当裁判所の判断」一～五に記載のとおりであるから、これを引用する。

二、控訴人らは、M副検事は、警察での目撃者の証言、調書を無視し、目撃者の証言を故意に改ざんし、加害者が後で言い出した嘘の供述を基に、本件は、浩次が赤信号で七十一㎞の速度で交差点に進入したことによって発生した事故であるとして加害者を不起訴処分としたと主張するので、これを判断する。

①名古屋地方検察庁岡崎支部の副検事が目撃者の証言を改ざんしたとの主張について

【東京高等裁判所の判断】

……目撃者の民事訴訟における上記証言の内容が本件事故直後に警察官に述べた内容と異なっている事をうかがわせる証拠は見当たらないから、目撃者であるAが、事故発生時の浩次の対面信号が青色であったと警察官に明確に述べた事は認めがたい。

また、平成十八年三月二十三日に岡崎検察審査会が作成した不起訴相当の裁決の要旨の通知書やY検事が作成した同年九月二十九日付けの不服申し立て事件審査結果通知書にも目撃者が警察に浩次の対面信号が青色であったと述べていたことをうかがわせる記載はない。そして、副検事があえて目撃者の供述を改ざんする動機も見当たらないこと等を考慮すれば、副検事が目撃者の証言を故意に改ざんした旨の控訴人らの主張は採用しがたい。

【私の疑問】

目撃者の証言と名古屋地方検察庁岡崎支部のM副検事が説明した目撃者の証言は全く違

う。ほかに目撃者はいないのですから、M副検事が私に説明した目撃者の証言は副検事が改ざんした証言であることは明白であり、M副検事が改ざんした証拠です。
M副検事に改ざんする動機がないのではなく、不起訴とした基となった目撃者の証言は事実ではない。つまり、目撃者の証言は改ざんされたのです。

②副検事が、加害者が後で言い出した嘘の供述を基に、浩次が赤信号で七十一㎞の速度で交差点に進入したことによって発生した事故であるとして加害者を不起訴とする本件処分をした事が控訴人らに対する不法行為を構成する

【東京高等裁判所の判断】

……控訴人らが、本件加害者車両が本件道路の北進車線から南進車線に向けて回転しようとして停止していた位置付近に軽トラックを停止させて、車内から浩次が進行してきた方向の視界を見る実験を行ったところ、運転席から身を乗り出すようにしないと浩次が進行してきた側の信号機さえも見えにくく、本件道路の中央寄りの右折車線を走行する自動二輪を確認することは困難であるという実験結果になった事が認められる。

しかしながら、上記の実験は、加害者の関与無しに行われたものであり、上記の実験の際の軽トラックの停車位置が実際の本件加害者車両の停車位置と一致するものと断定できる証拠はなく、上記実験の結果によって、加害者の上記供述を虚偽であると断定することは出来ない。

また、智恵は、平成十八年七月二十五日に目撃者に電話をかけ、目撃者が本件事故の後、本件交差点を左折して本件交差点の南側にある交差点の手前に停車していた自動車の状況や細谷町交差点の信号の状況を聞きだし、その内容と細谷町交差点と本件交差点との信号機の連動関係から考察すれば、浩次の対面信号は青色であったはずであると主張し、控訴人阿部智恵はその旨陳述するが、目撃者の上記回答は、本件事故後四年以上経過した後に控訴人阿部智恵からの電話での問い合わせに対してされたものであるところ、目撃者は、上記のとおり、民事訴訟において本件事故発生時の浩次の対面信号の色について明確な証言をしていないのであるから、目撃者の上記回答の正確性には疑問の余地があると言わざるを得ず、目撃者の上記回答と信号機の連動関係から本件事故当時の浩次の対面信号が青色であったと断定することは出来ない。

(スピードについて)証拠によれば浩次は衝突停止するまで五十二・五メートルも滑走し

ている事が認められ、この事実からすれば、浩次が事故当時七十㎞程度の速度を出していた可能性は十分あると考えられ、副検事が本件加害車両やガードレールの損傷の程度等から本件被害車両の速度を時速六十㎞程度と判断すべきであったという事は出来ない。

本件処分が違法なものであったとは認め難く、M副検事が加害者を不起訴とする本件処分をした事が控訴人らに対する不法行為を構成する旨を言う控訴人ら（私ら）の主張を採用することは出来ない。

【私の疑問】

実験での加害車両の停止位置は、目撃者が、平成十七年六月三日の別件民事訴訟の法廷で証言し、目撃者が捜査報告書に軽トラックの停止位置を書き込んでくださった角度をもとに弁護士さんと実験したのです。

ゼブラゾーンの中に真横に近い角度で停止した場合、信号機は乗り出さないと見えにくく、また、近隣の人たち十人以上に「この交差点をUターンするとき、青信号で中央まで行きその後、信号は見ますか?」との質問に誰もが即に「ああ、信号は見ないね。中央まで行くと、車が途切れれば、Uターンするよ」と言い、近所の人からの陳述書も提出してあります。

名古屋高等検察庁のY検事も、「被疑者は、信号は見ていない」と説明したのです。

静岡地方裁判所、東京高等裁判所、両裁判所が、「目撃者は、警察官および検察官に対しても、民事訴訟におけると同様の内容を順を追って供述した事が認められる。」と判断しています。

民事訴訟においての右記の目撃者の証言を認めながら、目撃者の回答は、本件事故後四年以上が経過後に阿部智恵が十八年七月二十五日に、事故後の状況を目撃者に電話での問い合わせに対してされたものであるところ、目撃者の上記回答と、信号機の連動関係から本件事故当時の浩次の対面信号が青色であったと断定できない」と判断しました。

しかし、私が提出した書面には、「十八年七月二十五日、目撃者に電話し、細谷町で止まっている車をどこで確認したかを聞く」と記載してあります。

私はただ、ここだけが分からなかったため目撃者に電話で確認しましたが、その他の情報は、目撃者の民事裁判での証言を基に実験したので聞く必要はないので聞いていないのです。

これは私が、最高検察庁に平成十九年一月六日に、「不起訴理由の内容要旨の確認依頼」

を提出した上告書の内容の一部です。

民事裁判での目撃者の証言を認めていながら、なぜ、また、同じことを聞かなければならないのでしょう。

目撃者は、別件民事訴訟での陳述書（平成十六年六月七日）、証人尋問（平成十七年六月三日）で事故後の状況を詳細に証言しています。この証言を基に信号青を証明したのです。

これは裁判官が虚偽の判断をしたことになります。東京高等裁判所のでっち上げ判断では？　すなわち、裁判官の証拠改ざんではないでしょうか。

スピードについても、警察官、高検の検事、目撃者、また、私達の実験結果からバイクのスピードは約六十kmとの証拠を提出してありますが、加害者の嘘の供述だけで七十一kmとの判断をしたのです。

実験の結果、浩次が交差点に入ってから目撃者が信号青に気がつくまで、約二十六秒はかかります。

目撃者の対面信号が青になってから、目撃者が向かった細谷町の交差点の赤信号は十七秒しかありません。目撃者が信号青に気がつく前（約二十六秒）に事故は起きています。

つまり、十七秒は二十六秒より少ないことから、たとえ平成十八年七月二十五日、事故直前に数台の車が交差点で信号待ちのため止まっていた車をどこで見たかを聞かなくても信号は青です。

目撃者に、どの地点で信号待ちの車を見たのかを確認することにより、信号青がより確実になったわけです。

裁判所は、目撃者が平成十七年六月三日に法廷で証言したことを認めながら、私が平成十八年七月二十五日に目撃者に電話で事故後の状況を聞いた事として嘘の判断していると しか思えません。

スピードについても、警察官、名古屋高検の検事、目撃者、また私達の計算からバイクのスピードは約六十㎞との証拠を提出してありますが、加害者の嘘の供述だけで七十㎞以上との判断をしたのです。故意にこのようにしたのでしょう。

追突状況、トラックの停止位置などからバイクは第一車線を走っていたという証拠説明は提出してあります。

第二車線を走っていたならば、衝突地点からトラックの停止位置が不自然です。

また、直進するバイクがなぜ、第二車線を走らなければならないのでしょう。

裁判所の判断の内容は、被告（国）の答弁としか思われません。東京高等裁判所の証拠改ざん、でっち上げ裁判であり不法行為です。

スピードについて、この道路はバイクが走行してきた交差点手前から上り坂になっており、中央が頂点であり、その後下り坂になっています。

事故当時、雨が降っており、路面は濡れていました。

私達（弁護士さん・息子の友人）の計算でも、バイクの速度は約六十kmでした。

バイクのスピードは、浩次のバイクの横転滑走距離による実況見分調書から、下図のようになります。

1.7 m＋ 1.8 m＋ 2.2 m＋ 52.5 m＝ 58.2 mとなる。
以上より計算するとV^2＝ 2 × μ × g × L
＝ 2 × 0.175 × 9.8 × 58.2
＝ 199.626
V ≒ 14.13 m／ s
≒ 50km／ h　となる。

バイクが52m滑る時間は、乾燥アスファルトの平坦路面におけるバイクの横転滑走時の摩擦係数は、0・3〜0・4である。（月間交通1984年10月号112頁以下の大前晴雄研究員の研究論文「交通事故を想定した実車による追突実験結果」を参照）

本件では、湿潤路面であり、下り勾配、かつ浩次のバイクがカウル付きという条件がある。そうすると、摩擦係数は乾燥アスファルトの平坦路面の半分程度であり、0・175程度である。

雨天の制動距離は交通の教則を見ると2倍とっているので摩擦係数は0・175です。

バイクの速度は、速度の二乗＝2×0・175×9・8m／毎秒毎秒×52m

よって、バイクの速度は13・35m／秒　時速48キロ

バイクが、滑走して止まるまでの時間は、

減速Gは0・175

13・35m／秒の物体が0・175×9・8m／毎秒毎秒の減速Gで停止する時間は

13・35m／秒÷（0・175×9・8m／毎秒毎秒）＝7・78秒

軽トラックと衝突およびガードレールとの衝突によるエネルギー消費分を検討する。

バイクの損傷状況は、「ハンドル壊れ、後部ブレーキランプおよび泥除けこわれ、右マフラー等にこすり」というのであり、フレームとかフォークとかの強固な部分は変形し

ていない。

軽トラックの損傷部分も「左前輪衝突痕パンク、左タイヤハウスへこみ」と強固な部分は変形していない。

事故態様も、正面衝突など衝突角度の厚いものではなく、バイクは、右回転中の軽トラックの側面に軽い角度で衝突したものであり、この衝突で大きくエネルギー消費が生じたとは考えられない。

バイクのガードレールへの衝突角度は、実況見分調書の添付図面によっても12～13度程度の薄い角度での衝突であり、第1車線上を最終地点としている。

以上より軽トラック、ガードレールとのバイクのエネルギー消費量は、せいぜい10㎞分でありこれを超えることはない。


以上より、路面滑走直前の速度は時速六十㎞程度です。

また、ガードレールも、バイクの衝突により凹みとか損傷はなく、黒いすじ状の裂過痕があるものの、およそバイクが激しく衝突したことを示すものではなく、バイクはかすって流れていったものです。

これを加害者は、「バイクは火花をちらし、縁石に当って跳ね返って」とか、「樹木をなぎ倒すかたちで滑って行った」と過大表現をしています。

　ガードレールの内側に植えられている樹木は、その当時二十〜三十センチぐらいの低木であり、バイクはガードレールを乗り越えなければなぎ倒すことはできません。そもそも道路上には、なぎ倒せるような樹木は植わっていませんでした。この交差点は事故の一年ぐらい前に設置されたものであり、その後、ガードレールの交換、縁石の補修等工事もしてはいません。

　近所の人の証言によれば、バイクがガードレールにかすった場所から九ｍも南のガードレールの中の小さな木が折れていたとのことです。

「どうして、ここにバイクが入ったのかしら？」

と言っていました。ここには絶対にバイクが入れない場所です。誰が見ても不自然であり、誰かが故意に折ったことは一目瞭然でした。

③名古屋高等検察庁の検事が、控訴人らの不服申し立てに理由がないとする裁定をしたことが控訴人らに対する不法行為を構成するとの主張について

【東京高等裁判所の判断】

名古屋高等検察庁のY検事が作成した同年九月二十九日付けの不服申立事件審査結果通知書にも、目撃者が、警察官に浩次の対面信号が青色であったと述べていたことをうかがわせる記載はない。

名古屋地方検察庁岡崎支部のM副検事があえて目撃者の供述を改ざんする動機も見当たらないこと等を考慮すれば、M副検事が目撃者の証言を改ざんした旨の控訴人らの主張は採用しがたい。

副検事が、目撃者の証言を故意に改ざんした旨の控訴人らの主張を採用出来ない事は、上記のとおりである以上、証拠によれば、検事は、目撃者の供述その他の関係証拠を総合して、（中略）対面信号が赤色を表示していた旨加害者の弁解を排斥し、その過失を合理的に疑いを容れない程度まで立証するに足りる証拠はなく、今後、新たな証拠を発見し得る見込みもないと判断して本件裁定をした事が認められ、同裁定が不合理なものであった事をうかがわせる証拠はない。検事が、本件裁定をしたことに相応の根拠があったと認められ、本件裁定が違法なものであったと認め難いから、検事が本件裁定をしたことが控訴人らに対する不法行為を構成する旨を言う控訴人らの主張を採用出来ない。

【私の疑問】

一審の静岡地方裁判所で、「副検事が、故意に目撃者の証言を改ざんした旨の控訴人らの主張を採用できない」と判断したのですが、副検事が私らに説明した目撃者の証言と、目撃者が別件民事裁判で証言した内容と違うことに、「事故が起きてすぐ対面信号を見たら青になっていた、とは言っていない」と判断しているのにも関わらず、M副検事が「改ざんする動機が見当たらない」と判断したことは道理に合っていません。

名古屋高等検察庁のY検事は、信号は青、被疑者は嘘を言っている、スピードは約六十㎞など、何ひとつとして、浩次に非があるという説明はしなかったのです。

もし浩次が違反していることが分かっていれば、不服申し立ての裁定の中に、「阿部浩次氏は、交通規則を遵守して進行していたことはうかがえる」とは書かないはずです。

東京高等裁判所はこの記載内容も、平成十八年九月二十一日、名古屋高等検察庁のY検事とS弁護士と私との三人で面談した内容や、私の提出した信号青の証拠資料、求釈明書に対して、国の代理人が「回答しなくても良い、と言われた」と、回答したこと等に対して、東京高等裁判所としての判断は、何もないのです。

東京高等裁判所はこれらを全て遺脱、隠蔽して判断したのです。
裁判官が重要な証拠を遺脱、隠蔽したならば、国家公務員法に違反していると思います。

④名古屋高等検察庁の総務部長が、事案の解明を怠った事が控訴人らに対する不法行為を構成する

【東京高等裁判所の判断】

M副検事が目撃者の証拠を故意に改ざんした旨の控訴人らの主張を採用出来ない事、加害者の供述を虚偽と認識すべきであったとは言えない。総務部長は、一件記録を検討したうえ、平成十九年三月二十二日に控訴人阿部智恵と面談し、本件処分に特段の問題はなく、再捜査の実地を指示する考えがない事を伝えた事が認められるところ本件議決や本件裁定の当否を左右する新たな証拠が発見されたことをうかがわせる証拠はないから、総務部長の対応が違法なものであったとは求められない。したがって、総務部長が、事案の解明を怠った事が控訴人らに対する不法行為を構成する旨をいう控訴人らの主張を採用することは出来ない。

【私の疑問】

東京高等裁判所は、虚偽の判断をしています。

裁判所は、「平成十九年三月二十二日に控訴人阿部智恵と面談し本件処分に特段の問題はなく、再捜査の実地を指示する考えがない事を伝えた事が認められる。」とされていますが、総務部長はこのような説明はしていません。（一緒に名古屋高等検察庁に同行して面談して頂いたAさんの陳述書も提出してあります。）

裁判所は、被告（国）の虚偽の答弁を引用しての判断をしています。

上記の名古屋高検の総務部長は、最高検察庁の指示にも従わず無視しました。

総務部長は、四時間以上の間ほとんど下を向き頷くだけであり、これらの事について、何も釈明も回答もできないのです。正当であれば、回答できるはずです。

私は、「事実を知りたいので、回答できないならば、今からでも再捜査して下さい。加害者は、嘘を言っているので偽証罪で起訴して下さい。不起訴は間違っているから、不起訴は間違っていました。と書いて下さい」とお願いしました。

回答がないので、私は大声で回答を求めました。

事務室は、シーンと静まり返っていました。

もう五時を過ぎていたので、私は、

「今日は帰りますが、回答をいただくまでおりません」

と言い残して総務部長室を出ました。

総務部長は、約四時間以上困った顔をして小さな声でぼそぼそと言うだけ、帰りには私の顔を見ることができずに、より深々とお辞儀をしていました。

事務官が、サッと出てきて一階まで送ってくださいましたが、

「私、あんなに怒鳴ったりして言い過ぎですか?」

と聞くと、

「息子さん、亡くなってしまったんだから、あのくらい言ってもいいじゃないですか」

と言ってくださいました。

私の話が聞こえていたらしい。私の気持ちを理解したような優しい言葉でした。

総務部長からは、信号無視・スピード違反の根拠、証拠は何ひとつ回答も説明もないのです。

S総務部長は、全く事案の解明をしようとはしませんでした。

同行して下さった人の陳述書は、提出済みです。
証拠なくして「不起訴」を決めることはできないのですから、説明ができるはずです。
事案の解明を怠ったことは、明白です。

⑤最高検察庁の検事が、検察庁ぐるみで事実を隠ぺいしようとしたことが控訴人らに対する不法行為を構成するとの主張について

【東京高等裁判所の判断】

控訴人らは、最高検のW検事が名古屋地方検察庁岡崎支部の副検事が目撃者の証言を改ざんした上、加害者の嘘の供述に基づいて加害者を不起訴にした事を知りながら、検察の面子を守る為に事実を隠ぺいしたと主張するが、M副検事が、目撃者の証言を故意に改ざんした旨の控訴人らの主張を採用できないこと、M副検事が、加害者の供述を虚偽と認識すべきであったとは言えない事は上記のとおりである上、証拠によれば、最高検察庁のW検事は、平成二十一年十二月二十四日に控訴人阿部智恵と面談し、本件処分に特段の問題はないとの考えを伝えた事が認められるところ、平成二十一年十二月二十四日当時、本件議決や本件裁定の当否を左右する新たな証拠が発見されたことをうかがわせる証拠がないから、上記、最高検察庁W検事の対応が違法なものであったとは認められない。したがって、W検事が事実を隠ぺいしようとしたことが控訴人らに対する不法行為を構成する旨を言う控訴人らの主張を採用することは、出来ない。

【私の疑問】

最高検察庁のW検事との面談の様子は、前に記載してあるので省きます。

裁判所の判断の中で、「本件処分に特段の問題はないとの考えを伝えた事が認められるところ」と、判断していますが、最高検察庁のW検事はこのようなことは全く言っていません。

W検事は、私が信号サイクルで信号青を説明した後、「国家賠償訴訟はできるのでしょうか、時効はいつですか?」と聞くと、「すぐに弁護士さんに聞いてください。時効になるともったいないから。そうだ、私ならまだ時効になりませんから、私を訴えて下さい。そうすれば国からお金が出ます。もうそれしか方法がない」と言ったのです。

検察庁の不法行為があったからこそ、このようなことを言ったのではないでしょうか。

⑥岡崎検察審査会が、適正な捜査をしなかったことについて

【東京高等裁判所の判断】

岡崎審査会は、不起訴所処分記録、審査申立書及び調査報告書らを精査しても、本件事故発生時の浩次の対面信号が青色を表示していた事を厳密に立証することは困難であり、事故後四年を経過している事から今後、証拠を収集できる見込みも極めて少ないとこから本件議決をした事が認められる。そうすると、岡崎審査会が加害者に対する不起訴処分を相当とする本件議決をした事には相応の根拠があったと認められ、本件議決が違法なものであったとは認め難く、岡崎検察審査会が不起訴処分を相当とする本件議決をした事が控訴人らに対する不法行為を構成する旨を言う控訴人らの主張を採用することは出来ない。

【私の疑問】

岡崎検察審査会は、別件民事裁判の敗訴結果を見ただけで、一番重要な信号サイクルの検討もせず、「不起訴相当」嫌疑不十分、とすぐに議決したのです。

検察審査会とは、公訴権の実行について民意を反映させてその適正を図る為に設けられた機関です。にもかかわらず、前記の事柄を調べも検討もせず、M副検事が改ざんした証拠と、民事裁判の敗訴判決に基づいて議決した事は、適正な審査を故意に怠ったことになります。

岡崎検察審査会は、私の提出した証拠を何も調べず、いったい何を審査したのでしょうか。

検察庁の決定、民事裁判の判断ではなく、民意を反映して、初めて審査会としての意味があるのではないでしょうか。

民事裁判の結果のみで判断する検察審査会なら、必要ありません。

【東京高等裁判所控訴審・判決】（平成二十五年一月二十三日）

主文

一、**本件控訴をいずれも棄却する。**

二、**控訴費用は、控訴人らの負担とする。**

結論

よって、原判決は相当であるから、本件控訴をいずれも棄却することとし、主文のとおり判決する。

【私の疑問】

東京高等裁判所は、静岡地方裁判所が「確かに目撃者は、事故が起きてすぐ対面信号を見たら信号が青になっていたとは言っていない」と判断しましたが、名古屋地方検察庁のM副検事が私に説明した目撃者の証言と違うことについて、何の判断もなされていません。

東京高等裁判所は、私が目撃者に電話して、息子のすぐ前を走って行った車が、次の交差点で止まっている車をどこで見たかを聞いた、と記載したのですが、裁判所は事故後の様子を聞いたとして、それを基に、四年以上も過ぎてから私が問い合わせたされたものであるところ、……目撃者の回答の正確性には疑問の余地があると言わざるを得ず、上記回答と信号機の連動関係から本件事故当時の浩次の対面信号が青色であったと断定することは出来ない、と判断しました。

ちなみに、以下の人々が、『信号青』と言っています。
●豊田警察の警察官「信号は確かに青でした」
●名古屋高等検察庁Ｙ検事「信号は青ですね」
●私達の実験結果などから「信号青は、確実に二十秒以上あります」

『信号青』を示唆した発言をしているのは、以下の方々です。
●名古屋地方検察庁岡崎支部のＩ副検事「私たちは、みんなで相談した結果高検から指示が出れば再捜査します」
●名古屋地方検察庁岡崎支部のＨ副検事「目撃者は信号青と言って下さいましたか」
●名古屋地方検察庁岡崎支部（不服申立てに理由はない。決定後）「名古屋高検の検事は、信号青と言ったんですよね」
●目撃者（平成十六年一月三十日、電話をいただいた時）「信号は、青か黄色」

バイクのスピードについて、約六十kmと示唆しているのは、以下の方々です。
●豊田警察の警察官「最高速度五十kmの所、少しオーバーしたかもしれませんね」

●目撃者「バイクのすぐ前を走って行った車と同じ速さ、通常ここを通る車と同じぐらいで早くもなく遅くもなく約六十km内外」

●名古屋高等検察庁Y検事「五十kmの所、十kmぐらいはオーバーしたかもしれないが七十一kmは出ていない」

●私達の計算「約六十kmでした」

つまり、不起訴理由となった「信号赤でバイクが進入・スピード七十km以上」と言った人は、加害者ただ一人だけなのです。

私は、静岡地方裁判所の判決に疑問があるため控訴したのですが、東京高等裁判所は静岡地方裁判所の判決事由を引用しているのです。

判決事由の中で、名古屋地方検察庁岡崎支部のM副検事の説明と目撃者の証言の相違を認めながら、「M副検事が改ざんしたとは認められない」との理不尽な判断により「全てを認められない」と判断したことは不当です。

静岡地方裁判所も東京高等裁判所も、目撃者が警察・検察・民事裁判で同旨の証言をしていることを認めていますが、静岡地方裁判所では、「確かに目撃者は、事故が起きてすぐ信号を見たら青になっていたとは言っていない」と判断して、事故が起きてバイクが滑って行く様子や「加害者の行動を見てから信号青を見た」という目撃証言と、M副検事の平成十四年十二月二十六日の不起訴決定の日の以下の説明、「目撃者は、事故が起きてすぐ信号を見たら青になっていた」との相違を認めているのです。

この時間差が二十五秒以上あることの判断をなぜしないのでしょう。

また、民事裁判での目撃者の証言を基に信号青を証明したのですが、これについて東京高等裁判所では、私が目撃者に聞いてもいないことを四年以上も過ぎてから電話で問い合わせたとして、虚偽の証拠を理由に、「信号青は認められない」と一蹴し、棄却したのです。

この裁判では、名古屋地方検察庁岡崎支部のM副検事による目撃証言の説明と、目撃者本人が証言した事実の相違、また、信号が青か赤かの真実、これが一番重要ではないでしょうか。

被告（国）は私が提出した「求釈明書」に対して、「答える必要はない」（静岡地方裁判所）と答弁し、東京高等裁判所では、「答えなくてもよい、と言われた」と返答しましたが、誰に言われたのでしょうか、なぜ、答えなくてもよいのでしょうか。

裁判所はそれらについても何も判断していません。

東京高等裁判所が静岡地方裁判所の判断を引用したことは、検察が目撃者の証言を変更したことを漏えいしたと認めているように思いますが、これも信じられません。

静岡地方裁判所、東京高等裁判所の判決は、目撃者の証言を認めながら、警察官の調書、近隣の人の陳述書、および、私達の証拠の数々、実験の結果、証明した事実など全て判断せずに遺脱、隠ぺいしました。

国家賠償事件では、被告（国）の虚偽の回答が多々あり、東京高裁の裁判官の判断にも虚偽が含まれています。

司法とは、組織を守るために、被告（国）が虚偽の回答をしてもそれを正当化し、裁判所はそれを支持し判断するのでしょうか。

これでは、どんなに真実を主張しても認められません。

これが日本の司法の理不尽な現実なのです。

2　高裁・最高裁へ

静岡地方裁判所、東京高等裁判所が、私が提出した証拠資料の全て（警察の調書、近所の人の陳述書、目撃者の証言など）を遺脱、隠ぺいし、判断を下たことに対し、再審ではどのような判断をするかを知りたくて、平成二十五年二月二十日、東京高等裁判所に再審請求しました。

【東京高等裁判所再審・判決】（平成二十五年四月五日）

主文

一、**本件再審の請求**をいずれも**棄却**する。

二、**再審に係る訴訟費用**は、**再審原告ら**の**負担**とする。

【裁判所の判断】

原告らは、再審訴状の通り主張するが、その内容は、名古屋地方検察庁岡崎支部のM副検事が目撃者の証言を故意に改ざんした旨をいう再審原告らの主張を採用せず、本件交通事故に関する刑事処分に関与した名古屋地方検察庁岡崎支部、名古屋高等検察庁、最高検察庁の検察官及び岡崎検察審査会の行為が違法なものであったとは認められない。とした本件確定判断に不服を言うものにすぎず、再審原告らの主張は、民訴法三百三十八条一項各号所定の再審時効には当たらない。

なお、再審原告らは、加害者は嘘を言っている、と主張し、この主張は、民訴法三百三十八条一項七号の再審事由の主張と解する余地もあるが、同号の事由に基づく再審の訴えは、有罪の判決若しくは過料の裁判が確定した場合か、又は証拠がないと言う理由以外の理由により有罪の確定判決若しくは過料の確定裁判を得ることが出来ない時に限って、提訴することができる（民訴法三百三十八条二項）ところ、これらの場合のいずれかに該当することについての主張立証はなされていない。

よって、再審の事由がないから、民訴法三百四十五条二項により再審の請求をいずれも棄却することとして、主文のとおり決定する。

【私の疑問】

控訴審の東京高等裁判所の三人の裁判官と、再審事件の裁判官が同じであったことに驚きました。

しかし、再審事件で「民訴法三百三十八条一項七号の再審事由の主張と解する余地もあるが」と判断したことは、加害者が信号赤、バイクのスピード七十km以上と証言したことは嘘であること、すなわち、検察の「不起訴」の証拠となったバイクが赤信号で侵入・スピード七十一kmは、間違いであることを再審事件で判断したのではないでしょうか。

●特別抗告

平成二十五年四月三十日、理由書を提出しました。

私は憲法を詳しく知らないため、間違っていることがあると思いますが、以下、何でも訴えようと思って書きました。

後で見返すと、不足の事や間違いが多々あります。相談できる弁護士さんがいてくれたらとつくづく思いました。

私は、今までの裁判全てに納得できず、東京高裁に次にできることは何かと聞いたところ、その答えは、「許可抗告」または、「特別抗告」とのこと。私はどちらに該当するのか分からないため、両方提出しました。

「許可抗告」とは、民事訴訟における高等裁判所の決定及び命令に対する抗告のうち、法令の解釈に関する重要な事項を含むとして高等裁判所に対して抗告の許可を求めて行うものをいうそうです。（民事訴訟法三百三十七条）

「特別抗告」とは、各訴訟法で不服を申し立てることができない決定・命令に対して、その裁判に憲法解釈の誤りその他、憲法違反を理由とするときに、特に、最高裁判所に判断を求める抗告をいう、とのことです。（民事訴訟法三百三十六条）

許可抗告は、平成二十五年五月二十二日、本件抗告は許可しない。

裁判長は、控訴審、再審、特別抗告ともに同じ人でした。

特別抗告提起事件については、最高裁判所に送付されました。

静岡地方裁判所、東京高等裁判所は、憲法違反であると訴えました。

また、名古屋地方検察庁岡崎支部副検事、名古屋高等検察庁Y検事、名古屋高等検察庁

総務部長、最高検察庁検事、岡崎検察審査会も憲法違反であると訴えました。
しかし、特別抗告は東京高等裁判所から最高裁判所に送付されたものの、平成二十五年八月二十八日、棄却されました。

【特別抗告・最高裁判所・判決】

第1　主文
一、本件抗告を棄却する。
二、抗告費用は抗告人らの負担とする。
第2　理由
本件抗告理由は、違憲をいうが、その実質は原決定の単なる法令違反を主張するものであって、特別抗告の事由に該当しない。
平成二十五年八月二十八日
最高裁判所第二小法廷
裁判所書記官

●司法の疑問点、司法とは誰の為のものか

平成二十二年九月二十一日、大阪地方検察庁特別捜査部所属で、障害者郵便制度悪用事件担当主任検事が証拠物件のフロッピーディスクを改竄(かいざん)したという証拠隠滅の容疑で、また同年十月一日には、当時の上司であった大阪地検元特捜部長及び元副部長が、主任検事による故意の証拠の改竄を知りながら、これを隠したとして犯人隠避の容疑で、それぞれ逮捕されました。

この裁判も同じく、権力により真実は全て隠ぺい、遺脱して闇に葬られた裁判です。

今までの裁判において、私が提出した証拠資料、目撃者の証言、近所の人たちの証拠の陳述書、警察の説明、名古屋高等検察庁のY検事の説明など息子に非がない事を証明した資料は全てを遺脱し、被告（国）は、虚偽の答弁をし、静岡地方裁判所、東京高等裁判所ともにでっち上げ裁判ではないでしょうか。

この国ではどのような理不尽な判決を下しても許されるのでしょうか。

これが、日本の司法のあり方でしょうか。

検察は「不起訴」の証拠も、根拠も、何ひとつとして出すことができません。

信号赤、を窺わせる証拠はどこにもなく、私が説明した全ての人が、信号青を示唆しているのに、なぜ、時効前でも四年過ぎの証拠は認められないのでしょうか。

東京高等裁判所の同じ裁判長が、特別抗告を最高裁判所に送付したことは、憲法違反である可能性を最高裁判所に判断を委ねたのですが、最高裁判所判断は違法だとの判断です。

これらが全て憲法違反ではなく、違法行為でしょうか。

検察、裁判所は、憲法違反をしていないと言えるのでしょうか。

東京高等裁判所も、私が目撃者に電話で聞いていないことを知りながら、虚偽の証拠を作成し判断したのは証拠改ざんではないでしょうか。

司法は、証拠の改ざんなど、何をしても許されるのですか?

加害者を不起訴にした根拠、バイクが「赤信号で侵入・スピード七十一km」は証拠がないのに、いったい何を根拠に決めたのでしょうか。

求釈明書に対して被告（国）は、静岡地方裁判所では、「回答する必要がない」また、東京高等裁判所では、「回答しなくてもよいと言われた」と返答したのですが、誰が回答しなくてもよいと言ったのでしょうか。

加害者の人権は守られ、死亡した人の人権はないのでしょうか。
息子が殺されたことは明白です。犬や猫でも虐待、殺せば罪になる。
息子は、動物以下の人間なのでしょうか?

3 交通事故の損害を問う民事訴訟

事故から約三年八か月後、平成十七年六月三日、目撃者の証人尋問と加害者の本人尋問が名古屋地方裁判所岡崎支部で開かれました。

【目撃者の証言】

目撃者は、小川町の交差点東側の先頭に信号赤のため、信号待ちをしていました。数台の車が通ったすぐ後(一秒から二秒)、黒いものと人が分かれて飛んでいきました。
黒いものは左の方に滑っていき、前を見るとゼブラゾーンの中に、軽トラックが止まっていました。

事故後、その軽トラックの運転手が降りてきて、トラックの前の方（バイクが当たった場所）を見たり、後ろの方（息子が衝突したところ）を覗いたりしてから、倒れている人のところに行き見ていました。

目撃者は身体が凍りついてしまい、はっと気が付いて信号を見たら、対面信号が青だったので、倒れている人を見ながら左折して次の交差点に向かいました。

左折した細谷町の交差点には、赤信号で信号待ちのため、何台かの車が止まっていました。

ゼブラゾーンの中に止まっていた加害車両については、軽トラックがゼブラゾーンの中に止まっていたことと、その止まり方にとても違和感があったと証言し、警察で作成した実況見分調書の中のトラックの停止位置に、「このようなかたちではありません」と言いながら赤ペンで、事故現場見取り図に書き込んでいました。

私どもの弁護士が法廷で、事故が起きて目撃者側の対面信号が青になり発進するまでの様子について質問したときのやり取りは、以下の通りです。

弁護士「後続車にクラクションを鳴らされたり、他の車が交差点内で動いていたとか、そういうことで覚えていることはありますか？」
目撃者「そういうのはなかったです」
弁護士「軽トラックが止まっていた位置から衝突地点まで、五～六秒かかるということはありますか」
目撃者「ないと思います」
弁護士「一～二秒かという理解でよいですか」
目撃者「そうです」
弁護士「三台前後の車が通り過ぎて、バイクがその後行きますね。その間に軽トラックが発進して、バイクを避けて右折しきって道路を走っていくということは可能でしょうか」
目撃者「私の運転では、不可能です」
弁護士「それは、あまりに時間が短いと言うことかしら」
目撃者「はい」
弁護士「バイクの速度なんですが、凄い速度でしたか、それとも低速でしたか？　それと

　もあなたの中では納得できるような速度でしたか」
目撃者「普通だと思います」
弁護士「先ほどの軽トラックの停止方法ですと、自分の後部は見えないような気がするんですが、バイクの進行方向は見えるでしょうか」
目撃者「そうです。見えないと思います」
弁護士「右折するに際しては」
目撃者「交通量が多いのと、先が坂になっているので、車が見えませんので、ほとんど信号が赤になるかならないかじゃないと入れません」

【加害者の供述】

次に加害者の本人尋問のやり取りです。

加害者側弁護士（以下、弁護士）「仕事を終えて、実家に忘れ物を取りに行き再び会社に戻り、三十分ぐらい経って会社から対角線にある駐車場から出て側道から本線に出るとき、右折第三車線に入るまで順次滑らかに入ったのか？　最初から第三車線へ入ろうと思って進路変更したのか？」

加害者「そのとき第三車線の方に向けて一気に、というか、道路を斜め横断するかたちで入りました」
弁護士「青だったけれど右折車線の方に一気に合流できるような状態で車が来ていなかったということですか」
加害者「そうです、はい。信号青で交差点に入りゼブラゾーン付近で止まり、対向車をやり過ごしているうちに信号が黄色になってから、二、三台の車が一団のかたまりで交差点に入ってきました。ちょうど、もう一台の車が交差点手前で右折帯に入ったあたりで赤信号に変わっているのが見えました。その車の三十m以上後ろにオートバイが来るのが見えました」

バイクの速度については、次のように供述していました。

加害者「バイクは火花を散らして、植え込みに乗り上げるというか、植え込みをなぎ倒すかたちで当たってはね返って、最後は㋒の所まで行ったのを覚えています。ぶつかって滑って行った状況からしかわからないですけど、七十㎞以上は出ていたように思います」

被害者側弁護士（以下、弁護士）「バイクが来ていると言うことで、それをやり過ごそうとは思わなかったんですか」

加害者「信号が赤に変わっていましたから、止まると思ってUターンを始めました」

弁護士「黄色から赤信号に変わった瞬間というのは見ていますか」

加害者「見ていません」

弁護士「右折帯に入った車がその後どういうふう行ったか、見届けていますか」

加害者「いや、見ていません」

弁護士「あなた自身が動き出すことを決めたとき、信号は赤でしょ。赤で交差する信号は見ましたか」

加害者「そちらは、覚えていません。バイクは自転車横断帯ですか、それより三十mから五十m向こうに見えました」（警察での事情聴取では、衝突地点から、八十一・七mと現地に行って供述）

弁護士「衝突するまで五〜六秒かかったというのは、三台ぐらいの車をやり過ごし、右折帯に入った車を見て、その車に注意する必要がないと思い、もう、まわっちゃえばいいと？」

加害者「そうです」
弁護士「発進してぶつかったのは？」
加害者「動き始めて一秒ぐらいだったと思う」
弁護士「だから、目撃者も一秒か二秒でぶつかると思う、と言ったんだけど……。右折帯に入った車とバイクとの距離は、どのくらい離れていたのかしら」
加害者「三十m以上離れていたと思います」
弁護士「ゼブラゾーンに停止したのは何か理由があるんですか」
加害者「Uターンしやすいのと、会社の車が来たとき、そこに待機すると邪魔になるかな、という判断で、いつもゼブラゾーンの辺りに止めてUターンの待機をしてました。実際に、交差点の真ん中まで行くと効率が悪いかな」
弁護士「ゼブラゾーンで右折していくのは道路法違反だということは分かっていますか」
加害者「はい。詳しくは知りませんけど……」
弁護士「あなた自身、トラックを運送してUターン、右折して入っていくときあるわけでしょ。やっぱり、赤とか黄色になって、ほぼ赤に近い状態じゃないと入っていけないということが実態かしら」

加害者「よほど車が途切れないと入っていけないです。対向車が途切れないと、青ではなかなか入っていけないです」

【私の疑問】

加害者は、右折帯に入った車に注意を払う必要がないと判断し、すぐ発進したのです。その車の三十m以上後ろを走っていたバイクと、発進してから一秒ぐらいで衝突したと供述したのですが、この供述は辻褄が合いません。

目撃者も、加害者も、Uターンや右折の場合、ほとんど信号が赤になるかならないかでなければ入っていけない。信号青ではなかなか入っていけない、と供述していますが、私達が平成十八年五月頃午後五時から六時の間に実験した結果、ほとんどの車が信号青で右折しています。

このときは、事故から四年七か月も経ち、当時よりも交通量が多くなっていたように感じましたが、乗用車、トレーラー、乗用車と連なって信号青で右折していました。

現場付近で信号青でUターンできるかどうかを聞いてみたところ、全ての人が「青でUターンできる」と回答されたので、陳述書を書いていただきました。

なぜ、加害者だけでなく、目撃者までもがこのようなことをあえて証言したのか？　疑問に思いました。

平成二十五年三月、加害者宅で私が信号青だったことを加害者に説明したとき、勝ち誇り、あざ笑うかのように、

「信号青で行けますよ。青で行けますよ」

と、信号青でUターンしていることを言ったのです。

平成十三年十二月九日、豊田警察で、「信号は確かに青」と説明されたことを裁判所に書面提出して欲しいと代理人弁護士に言ったのですが、弁護士は、「それは主張出来ない。目撃者は信号青とは言っていないから」との返答でした。

目撃者から、平成十六年電話を頂いた時、目撃者は「警察官から、私が、赤信号で止まっていた時間や、事故が起きてから、青になって発進するまでの時間を、うるさいぐらいに、何秒か何秒かと聞かれました」と言っていました。実況見分調書には信号サイクルが添付されていました。

警察官は、信号の色をより明確にするために目撃者に何回も細かく聞いたのではないでしょうか。

私はなんとしても信号青を証明しなければと思い、時間を見つけては、信号サイクルと目撃者の証言を基に、加害者の行動の経過時間の計算をし、事故現場に行って道路の状態を観察しながら道路を巻尺で測り、信号青を証明するにはそれしかないと思い、毎日のように必死で計算しました。

そして、平成十七年六月三日の裁判においての、目撃者の証言と加害者の供述から、私が信号サイクルの計算をした結果を正確に計算して主張してほしいとA弁護士に繰り返しお願いしたのですが、「不確定要素があるので主張出来ない」とのことで、結果的に提出していただけませんでした。

大学教授からは、息子の大学での研究内容の上申書を、会社の部長さんからは、息子の会社での職務状況の上申書を書いていただき、提出しました。

裁判官はこれらを見て、「トヨタ自動車の給与を調べてみましょう」と言ってくださいました。私は息子の能力を裁判官が認めてくださったと感じ、とっても嬉しかったのですが、弁護士は、「いや、大学の平均でお願いします」と言われました。

【裁判所の判断】

『加害者は本件事故について、刑事上もしくは行政上の処分を受け、又、他の事故歴を有している形跡は認められない以上によれば、本件事故当時、本件信号の色は赤色であったとする加害者の供述は信用性が高いと認める事が出来る』

として、加害者は信用できる、目撃者は信用できない、と決めつけました。そして、なんの証拠もないまま、「バイクが信号赤で入って来た。スピードは、七十km以上出ていたようだ」との加害者供述をもとに、バイクが赤信号で進入・スピードは、加害者がバイクを見た地点（警察での供述と民事裁判での供述が変わっている）から、衝突した地点を計算し、時速約七十五kmと、全て推測により判断したのです。

裁判官はこれらに対して、

『そもそも、距離に関する人間の認識は、対象が比較的身近な範囲のとどまる場合であれば、格別、数十mから百m単位以上の範囲に及ぶ場合には、相当程度の誤差を生じかねないのが通常であり、とりわけ加害者において原告車を初めて認識した状況は、大型とは言え自動二輪車である原告車の前照灯の光を瞬間的に見たにとどまるものであったことからすると、誤差の範囲が相当大幅なものとなる可能性を否定することは出来ない。

……距離や時間に関する認識については正確を期したい以上、同認識に係る加害者の供述部分に曖昧さや矛盾があったとしてもそのことから直ちに供述全体の信用性が損なわれると言う関係にはないと言うべきである。

被告（加害者）は、たとえ本件信号が赤色を表示していたとしても社会通念上、全赤色となった頃合いにおいてはなお直進してくる対向車もあり得ることを配慮すべきである上、本件事故当時の原告車の速度は時速七十五km前後であったと推測されるところ、自動二輪車にとって急制動により停止するのは普通自動車以上に困難であるから、直進してくる可能性がより高いにもかかわらず、原告車の前照灯の光を一瞥したのみで、原告車の動静を見極めないまま回転を開始した事。右折待機場所ではなく敢えてゼブラゾーン上に進入した』

結果的に、名古屋地方裁判所岡崎支部での判決は、平成十八年三月三日、四対六で敗訴しました。

【私の疑問】

目撃者の証言は、加害者、被害者が誰かも知らないとき、自分から警察に出頭してくださった警察での証言が一番正しいのです。

これら裁判所の判断には何も証拠がなく、次回が判決と言われてから五回もの延期の末に、加害者は信用できる、目撃者は信用できない、原告の代理人も信用できないとして、加害者の供述をもとに全てが推測により決定したのです。

「バイクが信号赤で入って来た」という加害者の供述、また、加害者がバイクを最初に見た地点から衝突した地点までの距離を計算し、時速約七十五㎞と判断したのです。

なぜ、目撃者の証言は信用できないのでしょうか。

しかも、加害者はスピード違反など、他にも違反をしていると聞いています。

それに比べ、浩次は、事故はおろか、転倒すらもないのです。

また、大学では後輩たちにも厳しく指導し、社会人になってからも安全協会より「無事故、無違反の証」をいただき、愛知県警からは「表彰状」をいただき、車を造りたいとの夢を持ちながら、いかに安全運転を心掛けていたか……。

本当に、納得できない判決です。

●控訴審

平成十八年五月頃にC弁護士と共に事故現場に何回も行き、交差点での交通状態を事故発生の前後一時間を観察。Uターンする運転手は信号を見ているか、目の動き、信号赤にならなければUターンできないか、加害者がゼブラゾーンの中に止めたトラックの中からの信号機はどのように見えるか、などを、軽トラックをお借りして実験しました。

実際に、息子のすぐ前を走って行った数台の車が信号赤で止まってから、何秒間後に事故現場の交差点が信号赤になるのか？　また、信号サイクルが同じであるか？　などをビデオカメラに収めました。

また、近隣の人たちに、この交差点をUターンするとき、信号は見てUターンするのか、信号青でUターンしているかなどをたずねました。

さらに、豊田市役所にも出向き、事故当時の道路状況、ガードレール、縁石は交換されているか否か、道路の勾配状態、なども調べました。

【実験の結果】

目撃者の証言どおりの角度でゼブラゾーンにトラックを停止させた場合、信号機は、身を乗り出さないと見にくい状態です。

車の運転手の目を見ていると、信号青で交差点の中央まで来ると、信号を見てUターンした人はいませんでした。

また、事故発生時の前後一時間の間の実験でも、三、四台続けてUターン右折する時間があり、ほとんどの車が信号青でUターンしていました。

この交差点は、愛知県警察本部交通管制課の信号サイクルと同じで、細谷町の交差点の信号が赤になってから三十二秒後に小川町（事故現場）の交差点が赤になります。ＤＶＤも提出しました。

加害者が停止していたように、ゼブラゾーンの中に止まっている車は一台もなく、北側の停止線から南側の停止線まで四十三ｍもある交差点内を赤信号で進入する車はありません。

名古屋高等裁判所の控訴審では、愛知県警察本部管制課の信号サイクルにより、目撃者の証言、加害者の行動により信号青でバイクが進入したこと、実験の結果などを主張し、加害者は嘘を言っていることを主張しました。

しかし、裁判長はこちらを見ながら薄笑いし、

「僕は、これを覆すことはしないよ」

と言ったのです。

裁判長は私達の主張を何も検討していない様子で、和解をするよう勧めました。

C弁護士は、

「この裁判官に何を言っても駄目だ」

と言ったのですが、私も裁判官の私達を見る目と、加害者側の弁護士を見る目が全く違っていたので不信感を抱きました。

結局、息子は信号無視はしていないことを信じて、和解に応じませんでした。


【名古屋高等裁判所控訴審・判決】（平成十八年十月十九日）

主文
本件各控訴をいずれも棄却する。
公訴費用は控訴人らの負担とする。

【裁判所の判断】

「控訴人（私）らは、種々の理由を挙げて、本件事故当時の信号の色は青色であったと主張するけれども、いずれも確たる証拠に基づくものとはいえず、単なる推測の域を出るものでは無いから、これらの主張は採用できない。

……控訴人らの請求はいずれも棄却すべきであるが、被控訴人から不服申し立てのない本件においては、不利益変更禁止の原則に従い、本件各控訴をいずれも棄却するほかない。

よって、主文のとおり判決する。

【私の疑問】

裁判長は、一回目の法廷から私達を見る目が違っていました。

和解を勧めましたが、私が応じなかったため、「往生際が肝心だよ」「僕は、和解の金額ほどは出せないよ」などと言ったようでしたが、私は、「和解をしなければもっと悪い判断をする」と言われたような印象を受けました。

名古屋高等裁判所で裁判をしたある遺族は、裁判長に、「和解に応じなければもっと悪くする」と言われ、実際に悪くなったと聞いています。

裁判所とは、真実ではなく、気分で判決内容を判断するのでしょうか。私は最高裁への上告を決意しました。

●最高裁に上告

最高裁では、次の事柄をS弁護士が主張しました。

信号機の設置されている交差点における直進車と右転回車の注意義務の内容及び、過失割合について

①本件事故時の信号機は何色であったか。

②被害車と加害車の事故当時の過失について、被害車の過失割合が大きいと判断すべき理由はあるのについて第一審、原審の判断も採証法則（事実認定の違法）違反している。

しかし、私の主張したいことが少し抜けていました。

【最高裁判所・判決】（平成十九年三月一日）

一、主文

本件上告を棄却する。

本件上告をとして受理しない。

上告費用及び申し立て費用は上告人兼申し立て人らの負担とする。

二、理由

1　上告について

民事事件において最高裁判所に上告をすることが許されるのは、民事法三百十二条一項又は二項所定の場合に限られるところ本件上告理由は、理由の不備をいうが、その実質は事実誤認又は単なる法令違反を主張するものであって明らかに上記各項に規定する事由に該当しない。

2　上告受理申立てについて

本件申し立て理由によれば、本件は、民訴法三百十八条一項により受理すべきものとは認められない。

【私の疑問】

私はこの裁判全体についてどうしても納得できず、平成十九年三月二十五日、最高裁判所のY裁判長あてに、豊田警察署の警察官の「信号は確かに青」名古屋地方検察庁の副検事の目撃者の証言とM副検事の説明の違い、平成十八年九月二十一日の名古屋高等検察庁のY検事の説明、また、最高検察庁に不起訴理由の内容要旨の確認依頼したときの最高検察庁のT検事の返信書面の内容、信号サイクルによる、信号青の証明、弁護士の対応、裁判所の対応などを書き、これについて、なぜ、上告出来ないのかの回答を依頼しました。

そして、平成十九年四月二日付で、最高裁判所第二訟廷事務室民事事件係より以下のような書面が届きました。

『あなたから送付された平成十九年三月二十五日付けの書面（添付書類を含む）を拝見しました。この書面には、なぜ、上告できなかったかについての回答を求める旨の記載がありますが、裁判所は法律に定められた手続きによる場合を除き、事件に関してのご質問にはお答えできない事になっています。

また、訴訟手続等に関して何らかの方策をご検討されるのであれば、信頼できる弁護士

等にご相談なさってはいかがでしょうか。ご質問にはお応え出来ませんが、ご了承くださ
い』

それから、何かの方策があるのかと、弁護士事務所に出向きましたが、どの弁護士さん
も、問題外と見ているようで、頭から断られました。

どの弁護士さんを信用すればよいのか、私にはまったくわかりませんでした。

私は、加害者が嘘を言っていること、名古屋地方検察庁岡崎支部のM副検事の「不起
訴」決定には、何の理由も根拠もないこと、検察の対応、加害者の嘘など、今までの経過
を主張しました。

再審では、どのような判断がされるかを知りたい一心で、平成二十四年二月二十日に本
人訴訟で提訴し、名古屋高等裁判所に再審を申し立てました。

平成二十四年三月十九日、民事訴訟再審事件・名古屋高等裁判所は、

『再審原告らは、再審被告が嘘の供述を主張し、この主張は、民事訴訟法三百三十八条一
項七号で規定した自由の主張とみる余地があるが、仮にこの様に解したとしても、同上二
項の要件を具備することが必要で、この点についての主張立証はされていないから、再審

の事由とはならない』
そう判断しました。
私は、加害者が嘘を言っているかどうかを明確にするため、再審ではどのような判断が下されるかと再審訴訟をしたのですが、民事訴訟再審事件（交通事故）、また、国家賠償訴訟再審事件において、加害者は民事訴訟法三百三十八条一項二号の事由と解する余地がある事、すなわち、加害者は嘘を言っている事を示唆しているのです。
しかし加害者は、有罪になっていないため、棄却になったものだと思います。

●加害者の不法行為に対する裁判

平成二十五年五月三日、私は前出の名古屋高裁再審の判決を受け、加害者の不法行為（嘘）に対し民事裁判を静岡地裁に起こしました。不法行為の損害賠償請求権の時効は一般には三年ですが、「民法七百二十四条後段の二十年除斥期間」の最高裁の判例では、加害者が被害者の損害賠償請求を困難にした事情がある場合、不法行為の時から二十年の損害賠償請求権は存続される事が解されています。

法律事務所へ何度も相談に出向きましたが、相手にされず、結局、本人訴訟で訴状を提出することになりました。そして、今までの検察の説明の疑問点、加害者の嘘の数々、息子の対面信号が信号サイクルでの証明で二十秒以上の信号青が残っていたことなどを訴えました。

裁判官は、

「今度の裁判は、交通事故の損害賠償ではなく、加害者の不法行為に対しての裁判ですので民事裁判とは別の事件になります。加害者の不法行為を法律構成に従い、提出して下さい」

と、また事務官からは、

「弁護士さんがいないと同じ内容でも書き方の違いで判断が変わる可能性もあるので弁護士さんに依頼した方がよいですよ」

と言われました。

その前に、簡易裁判所に相談に行ったときも、

「弁護士さんがいないと勝てるものも負けることがある」

と、同じようなことを言われました。

途方にくれた私はまた、法律事務所へ相談に行きましたが、全ての弁護士に断られました。

諦めかけて電話した弁護士さんが、なんとか引き受けてくださいましたが、結果的に何ひとつとして私の主張を聞いてくださることはなく、裁判はそのまま三回目を迎えていました。

思い余って解任の手続きをし、紛議調停をしました。

調停では、

「弁護士の仕事はしていませんね。弁護士違反として、弁護士に伝えました」

とのことでした。

調停委員から「裁判はしますか？」と言われましたが、私はもう疲れ切っていましたので、「やらなくて結構です」と伝えました。

裁判官、事務官は、とても親身になってよくしてくださいましたが、途中で、裁判官が変更されました。

今度の裁判官は、全く前の裁判官とは違っていました。

私は加害者の嘘、信号青の主張をしていましたので、ＤＶＤを流しながらさらに確実な信号青を訴えようとしました。

ところが、ＤＶＤがセットされ映像が映し出されたとき、裁判官が、

「もう主張してある事はしなくていいです」

と言ったように聞こえました。私は内心、信号青は主張してあるからどうしたらよいか迷ってしまいました。映像が始まってからこのような言葉を言った裁判官の意図は、なんだったのでしょう。

裁判官は、今までの私の主張を真剣に検討してくれたのだろうか。裁判官の判断は人それぞれなのでしょうか。


〈原告の主張〉

被告（加害者）は、本件事故に関し、保身の為、検察・警察での捜査及び民事裁判において以下のとおり嘘の供述をした。
①被告は、浩次が、青色信号で本件交差点に進入したのにもかかわらず。赤色信号で進入した旨の供述をした。
②被告は、浩次車両の走行速度は、時速約六十㎞であったにも関わらず、時速七十㎞以上出ていたようだと供述をした。

③被告は、浩次が第一車線を走行していたにもかかわらず、第二車線を走行していた旨嘘の供述をした。
④被告は被告が本件交差点を青色信号で回転することが可能であったのにもかかわらず、黄色若しくはほとんど赤色にならないとUターン出来ない旨嘘の供述をした。
⑤被告は、浩次車両が植え込みをなぎ倒したことはなかったにもかかわらず同車両が植え込みをなぎ倒した旨供述した。なお、名古屋高等裁判所は、平成二十四年三月十九日別件損害賠償訴訟の再審請求に対し、「再審被告らは、再審被告が嘘の供述をしていると主張し、この主張は、民事訴訟法三百三十八条一項七号で規定した事由の主張とみる余地もある」と判断し、東京高等裁判所は、平成二十五年四月五日、本件事故に関する刑事処分に関与した名古屋地方検察庁岡崎支部等が適正な捜査権及び公訴権らを行使しなかったことによって被告が不起訴になり、これにより、犯罪被害者の遺族としての原告らの権利又は利益が侵害され、精神的損害や弁護士費用などの損害を被ったとして提起した国家賠償訴訟の再審請求に対し「再審原告らは、T（加害者）は嘘を言っていると主張し、この主張は、民訴法三百三十八条一項七号の再審事由の主張と解する余地もある。」と判断した。

〈被告の主張〉

①被告は、自らの記憶に従って、本件事故の状況を供述したのであって嘘をついたという事はない。嘘をついたとは、事実でない事を事実でないと知りながら、敢えて真実として表現することであるが、被告は一切このような事はしていない。再審事件に関する原告ら（私）主張の判事部分は、被告が嘘を言っているとの原告らの主張が再審事由と解する余地もあると判事しているのでありこれは認める。係る主張に理由があるかどうかについては、何ら判断していない。

②消滅時効について

別件損害賠償訴訟において、平成十七年六月三日、被告本人尋問が実地された。原告らは、別件損害賠償の第一審において原告らの主張の被告の供述を前提としつつ、被告の供述の信用性を弾劾する主張をしていた。したがって、原告らは遅くとも、別件損害賠償訴訟の上告棄却及び上告不受理決定により別件損害賠償訴訟が確定した事実を知った時期には、損害及び加賀者を知ったものと言える。したがって、平成二十二年三月八日経過により、三年の消滅時効が完成している。

【静岡地方裁判所・不法行為・判決】（平成二十六年九月十八日）

主文

一、原告らの主張をいずれも棄却する。
二、控訴費用は原告らの負担とする。

【裁判所の判断】（この判断は、全て十七年の敗訴の時の主張で今回の主張ではない）

一、後掲の証拠によると、以下の事実が認められる。

①被告は、別件損害賠償訴訟（名古屋地方裁判所岡崎支部）において、過失相殺に関し、「本件事故当時における原告車及び被告者の各、対面信号はいずれも赤色を表示していた。しかるに、浩次が対面赤信号を無視したうえ、制限速度を十五ないし二十km以上超過する高速度で本件交差点に進入したため、本件事故が発生したものである。したがって、本件事故の発生に着き浩次にも過失がある事は明らかであり、その割合は少なくとも七割をくだらないものと言うべきである。」と主張した。

これに対し原告らは、「本件事故当時における原告車及び被告者の各車両用信号は、いずれも青色を表示していた。

仮に黄色を表示していたとしても、浩次が本件交差点の手前で安全に停止することは不可能であったことからすると、青色と同視すべきである。

また、上記信号の色を確定することが出来ない場合には浩次の信号無視を前提に過失相殺することは許されない。そして、被告車が交差点中心の内側で待機しつつ右折しようとしたのではなく、より内側の通常進入すべき場所ではないゼブラゾーンに進入した上で回転しようとしていたこと、被告車の停止状況からすると浩次において被告車が、ウインカーを出していたのを認識することは不可能であり、浩次は、被告車が動かず駐停車しているのか右折ないし転回しようとしているのか定かではない状況におかれていた事、原告車の速度が時速六十五ないし七十kmを超過していた事を明らかに認める証拠はない事などを考慮すると、本件事故の発生につき浩次には相殺される過失が存在しないと言うべきである。」と反論した。

②平成十七年六月三日、別件損害賠償訴訟（名古屋地方裁判所岡崎支部）の第一審において、被告本人尋問が実地された。

③被告（加害者）は、別件損害賠償訴訟の第一審の被告本人尋問において、以下の供述をした。

ア　浩次は赤信号で進入した。

イ　浩次車両の走行速度は、時速七十km以上出ていたように思う。

ウ　浩次は二車線を走行していた。

エ　本件交差点にはよほど車が途切れないと、入っていけない。対向車が途切れていないと青色では入っていくことが難しい。

オ　浩次車両が南進車線の南方の植え込みをなぎ倒す形で当たって、はね返りさらに停止地点まで滑走していくのを見た。

【消滅時効について】

別件損害賠償訴訟（名古屋地方裁判所岡崎支部）の上告審の決定は、遅くとも平成十九年三月八日までに送達されたと認められ、したがって、原告らは、遅くとも同日までに上告棄却及び上告不受理で終了したことを知り、これにより、原告ら主張の不法行為の加害者及び結果を知ったと認められるから、平成二十二年三月八日の経過をもって、原告らの主張の損害賠償請求権は時効消滅したと認められる。

なお、被告が、原告ら主張の供述について、それらを真実でないと認識しつつ、敢えて嘘の供述をしたと認めるに足りる的確な証拠はない。

したがって、その余の点を検討するまでもなく、原告らの請求いずれも理由がないからこれを棄却することとして、主文の通り判決する。


【私の疑問】


初期のA裁判官は、「この裁判は、交通事故の裁判ではなく加害者が嘘を言っている、不法行為に対する裁判です」と言われました。

しかし、途中で変更したB裁判官の判断は間違っています。

なぜなら、今回は加害者の不法行為を問うための裁判であり、交通事故の過失割合は関係ないからです。

被告（加害者）は、名古屋高裁、東京高裁の再審の加害者は、嘘を言っているとの原告らの主張が再審事由と解する余地もあると判事しているのでありこれを認めているのです。

不法行為に対して裁判をしているのです。

時効は再審事件において、名古屋高等裁判所及び、東京高等裁判所での再審事件での判断により、今まで加害者の嘘（不法行為）についてはどの裁判所も加害者の嘘を認めていませんでしたが、初めて裁判所が、加害者が嘘を言っている事を示唆し、加害者が嘘を言った事が明らかになったからです。

よって、名古屋地方裁判所岡崎支部の裁判とは関係なく、再審事件において名古屋高等裁判所が判断した平成二十四年三月十九日から三年後の平成二十七年三月十九日が時効消滅の日であり時効消滅にはなっていないのです。

私は、これらと後段の二十年除斥期間を主張したのです。

B裁判官は、平成十七年の交通事故損害賠償民事裁判の被告の主張を引用し、その主張を認め判断しています。

B裁判官は、今回の裁判においての私の主張をなにも検討、判断しないのです。加害者の嘘が証明出来た今回の裁判で、私が平成十七年の別件民事裁判の主張をするはずがありません。

加害者の嘘を証明した事柄に対して裁判所の判断は全くありません。裁判官は、私が証明した加害者の嘘を検討すべきです。

【加害者の嘘】

（カッコ内は、私が主張した事柄です）

ア　浩次は赤信号で進入した。

（信号サイクルにより実験の結果、信号青を二十秒以上残し進入しました。信号青だと言っている人は、警察官、名古屋高等検察庁検事、目撃者その他、私が説明した全ての人も信号青を示唆しているのです。信号は見ておらず、嘘を言ったのです）

イ　バイクの走行速度は、時速七十㎞以上出ていたように思う。

（バイクの速度は計算上で約六十㎞。約六十㎞と言った目撃者、名古屋高等検察庁検事、警察官、と一致しているのです。バイクを見ておらず、浩次を違反者にするために七〇キロ以上出ていたようだと供述したのです）

ウ　浩次は二車線を走行していた。

（二車線上で衝突したならば、軽トラックは実況見分調書に記載された位置では止まらない。バイクは衝突地点の北側から二十六ｍも手前から擦過痕が付いていますが、これはバイクの物ではありません。擦過痕が一・六メートル付き、十一・五ｍもバイクが直線に走行していますが、重量二百五十kgのバイクは、一度体制を崩すと直線で走ることは皆無に等しい。ジャンバー、ヘルメットを見ても二十m以上滑走した傷はありません。加害者は衝突のショックで事故を知ったことからバイクは見ていないのです）

エ　本件交差点にはよほど車が途切れないと、入っていけない。対向車が途切れていないと青色では入っていくことが難しい。

（平成二十五年三月、加害者宅で、信号青でUターンできるか聞いたところ、「信号青で行けますよ。青で行けますよ。」と言ったのです。信号青でUターンできることを知りながら嘘を言ったのです）

オ　バイクが南進車線の南方の植え込みをなぎ倒すかたちで当たって、はね返りさらに停止地点まで滑走していくのを見た。

（道路には、なぎ倒す樹木はありません。近所の人はバイクがかすったと思われるガードレールより九mも下がったガードレールの中の低木が折れていた。と言っていました。ここはバイクが入れない所です。また、平成二十五年に、どうしてガードレールの中の低木が折れているのかと加害者に聞くと、全くどこが折れていたか知りませんでした。見ていないのに嘘の供述をしたのです）

【東京高等裁判所控訴審・判決】（平成二十七年二月二十五日）

主文

本件控訴をいずれも棄却する。

控訴費用は、控訴人らの負担とする。

当裁判所の判断

当裁判所も控訴人らの請求は、いずれも理由がないから棄却すべきであると判断する。その理由は、次の通り補正するほかは原判決の「事実及び理由」中「第三　問う裁判所の判断」一及び二に記載のとおりであるから、これを引用する。

（中略）以上によれば、控訴人らの請求はいずれも理由がないから棄却すべきであり、原判決は相当であって、本件控訴はいずれも理由がないからこれを棄却することとして、主文のとおり判決する。

【私の疑問】

裁判官はなぜ、被告が嘘を言ったことを認めているのに、平成十七年六月三日の被告尋問の嘘の供述を採用したのでしょう。どう考えても納得いきません。裁判所は、私の主張に対し判断するべきです。

裁判所は、今回の私の主張を全て遺脱、隠ぺいして、損害訴訟（名古屋地方裁判所岡崎支部）の加害者の嘘の供述を全て認めた判断をしたのです。

裁判所の理不尽な判断、これが正義を全うするべき裁判所の判断でしょうか。

こうして、全ての裁判は原告敗訴で終わりました。

けれど、私は今でも、浩次は「青信号」を守って直進していたのだと信じています。

第七章　遺族として、司法に思うこと

権力による圧力、説明のつかない理不尽な決定が、この国の中で行われている現状を皆さんは、知っているでしょうか。

息子が、交通事故で殺されて、今まで信じていた司法に裏切られました。

これが、私たちが信用している司法の現実です。

きっと今も、このような悲惨な事件は後を絶たないのではないでしょうか。

国民は皆平等です。公務員個人が犯した不法行為を権力により組織ぐるみで守り、真実を闇に葬り、非のない被害者、遺族を苦しめる司法の横暴は、より国民の不信感をあおります。全ての公務員は、自分のなすべき職務に責任を持って行動し、それを怠った公務員には、責任を問わなければこれからも冤罪（罪がないのに罪を着せられる事）などで、被害者や遺族は一生苦しみます。

交通事故であれ、殺人事件であれ、被害者の悲しみ、遺族の苦しみ、悔しさは同じです。尊い命が奪われた事の重大さを、司法はもっと自覚して正しい捜査、判断をして欲しいと痛切に思います。

正しいことは正しく、悪いことは悪いと、厳正公平、不偏不党に職務を遂行していただきたいと思います。

一度しかない人生……。この世で一番尊い「いのち」。人は、五兆とも言われる細胞から選び抜かれ、奇跡の中で生まれてくるそうです。その大切な「いのち」は、一度失われてしまうと、どんなことをしても取り戻すことは出来ません。

私たちは、息子の命を奪われたばかりでなく、息子の名誉を失い、裁判のために営んでいた八百屋の店も疎かにし、証拠集めに、目撃者探しに、現場検証に、署名活動に、弁護士事務所に、検察庁にと動きまわりました。

事故現場や検察庁には、助手席に浩次の愛用のカメラと写真を載せて、思い出を語りながら四十回以上は行っただろうと思います。

そして今までに、三十人ぐらいの弁護士さんと接してきました。

しかし、「検察庁を訴えたい、国家賠償訴訟を起こしたい」と言っただけで、ほとんどの弁護士に断られました。

裁判の出費も莫大なものになりました。

また、主人も私もストレスにより体調を崩し、平成二十年、店を解散せざるを得なくなり、仕事を失い、今は病院通いとなってしまいました。

私たちはこの事故のずさんな処理によって、生活の基盤である仕事、健康、家庭の絆、夫婦の絆、生きる力の全てを奪われたのです。

事故から一年半後、長男は毎日泣く私の姿を見るに見かねてでしょうか、

「お母さん、僕、家を出たいんだけど……」

と言って出て行ってしまいました。

亡き浩次は、車を造りたい一心で夢に向かい猛勉強し、会社のために必死に働き貢献し、私たち夫婦は、薄利多売商法で、良いものをより安く、地域のお客さんに喜ばれることを励みにして商売をしてきたのです。

被告の嘘さえなければ、店も続けることができたでしょう、また、長男が家を出ること

もなく、悲しみの中でも家族の絆を保ち生きることが出来たでしょう。

息子を殺されたばかりでなく、主人までも今、死の恐怖と闘っているのです。

私たちは、何も悪いことはしていません。

息子を奪われ、あんなに楽しかった家族の幸せの全てを失った私の気持ちは、どんなことをしても元に戻る事はないのです。

なぜ、こんなに苦しみ、幸せさえも奪われなければならないのでしょうか。

私たちには、幸せになる権利がある。

嘘を言い、不法行為をした人は、それを償う義務がある。

司法は、それを正しく判断する義務がある。

私は、検察、裁判所、加害者、保険会社の理不尽な行為を、命が消えるまで忘れることは出来ません。

検察から、加害者を不起訴にした証拠、求釈明書の回答は、今もありません。

検察庁、裁判所は死亡事件に対してより慎重な捜査をおこない、誰でも納得できる説明をして、全ての事件に対して正当で平等な判断を下してください。

死人に口なしの処分は、絶対にしないで下さい。

あとがき

私は、毎日思います。もう一度、あの笑顔に会いたい、もう一度、大声で笑ってみたい、もう一度、あの幸せな生活に戻りたいと。

あの軽トラックさえ出てこなければ、加害者が安全確認をしていたら、せめて、あと二秒遅く発進していたら、浩次は今も生きている。

素晴らしい未来があったでしょう。

加害者と同じように、結婚して子供が二人ぐらいはいるでしょう。

車を造る夢もかなえられたでしょう。

元部長さんから、「浩次さんは、現在、生産中の国内トヨタ車のシートのシワ解析においてはすべてを担当、また、更なるバージョンアップを図るため新しいソフトの開発中に他界された。（この時、使用していたコンピューターは、日本ではまだ、数台しかない高価なものだった。これを使いこなせるのは、社内で浩次一人だったとお聞きしました。）そのため、その業務に関して彼しか出来なくて、一時中断した。このことは、短期にて新技術が要求されている最中、会社として大きな損失である」などと浩次の職務についての上申書を頂きました。

私は、浩次の関わった車が日本中、また、世界中を走ることを夢見ていました。

平成十五年、トヨタのラウムは、浩次が初期段階で関わった最初で最後の車になりました。

私は、今、この車を息子だと思って大切に乗っています。

あの車さえ出てこなかったら……、息子を返して！　その思いばかりが頭の中を駆け巡るのです。

私は今も、加害者は保身のために真実を語らなかったのではないかと思っています。

でも、もし彼が真実を語らぬまま、何のお咎めもなく、謝罪の心を見せることもなく、死亡事故などなかったかのように暮らしているとしたら……、それはどうしても許せないのです。

この悔しい思いをどうにかしてぶつけたいと思いました。何度も何度も原稿を書きなおし、この本の中で出すべきか否か悩み続けました。

けれど、私はあえて胸の中におさめることにしました。

それはとても苦しい決断でした。

私がここまで闘えたのは、一万六千二百七十四筆の署名をくださった皆さん、息子の中学、高校、そして大学での教授をはじめ大勢の友人達、また、会社の上司や同僚たち、多くのバイク仲間たちの励ましがあったからです。息子の面影を追いながら生きてきました。中でも、息子の彼女は、事故後も私にとって最高の心の支えになってくださいました。

病院に勤めていた彼女からは、

「今度、学会に出席します」

「今度は、私、研究論文を書いて学会で発表します。頑張りますからね」

との嬉しいメールを何度もいただき、私は彼女からのメールを毎日待つようになりました。

数年後、頼れる人と結婚するとの連絡がありました。

寂しさもありました。でも、彼女が幸せになることを息子は一番望んでいることでしょう。

彼女は今、幸せかしら?

子供さんは何人かしら?

と思いつつ、ホッと安心しています。

彼女からいただいた息子への最後の誕生日祝いの品は、今も封を開けずそのままです。

そして、二人で揃えた指輪も、今も仏壇に……。

これらはいつまでも、私の大事な宝物です。


これまで、適切なアドバイスをくださった遺族の方々、本当にありがとうございました。また、今もそっと、お墓に来てくださっている友、そして、年賀状をくださる多くの友、この絆は、私が死ぬまで続いて欲しいと思います。

最後に、事故直後から私を支えて下さったジャーナリストの柳原三佳様、そして、出版に際してお力をいただきました扇田麻里子様をはじめとする皆様、本当にありがとうございました。

この本を後の世に残すことができ、浩次もきっと、

「お母さんありがとう、よく頑張ったね」

そう言ってくれていると信じています。

二〇一七年四月

阿部智恵

特別寄稿

ジャーナリスト
柳原三佳

これは平成二十三年に出版した自著『遺品　あなたを失った代わりに』（晶文社）に掲載した阿部浩次さんについてのエッセイです。

今回の出版にあたり、ここに寄稿させていただきます。

『納経帳』

「三佳さん見てください、これはね、息子が事故で亡くなる少し前、バイクでお遍路さんをして、いただいてきたものなんですよ」

智恵さんはそう言いながら、仏壇の横に置かれていた和綴じの冊子を手に取ると、私にそっと差し出した。

『四国霊場八十八ケ所奉納経帳』と題されたその中には、一番から八十八番までの霊場で受けた朱印が押され、ご本尊の紙札が貼り付けられている。いわゆる、四国巡礼の記録だ。

「二十代という若さで八十八ヶ所を踏破されたなんて、すごいことですね。私も四国を旅したときには、少しずつ霊場を回るようにしているんですけれど、八十八まではまだまだです。この納経帳をすべて埋めるというのは、簡単なことじゃありませんよ」

私が驚きながらそう答えると、

「そうなんですよね、でも、私はあのとき、そんなことは何も知らなかったの。ほんとに、どうしてあのとき……」

智恵さんは、小さくため息をついた。

あれはちょうど、お盆休みで息子の浩次さん（二十八）が実家に帰省していたときのことだった。

智恵さんは、十一年前のその日のことを、まるで昨日のことのように振り返る。

「突然、あの子が私のそばに来てね、『お母さん、お母さん、八十八ヶ所回ってきたんだけど、納経帳いる？』って、にこにこしながら言うんです。私はそのとき、店の仕事が忙しくって、しっかり話を聞くこともせずにさらっと答えてしまったの。『えー、私、そんなのわからない、興味ないわよー』って、とってもさみしい顔になって……。私、今でもあのときのあの子の表情が忘れられないんです」

智恵さんがその納経帳を初めて手に取ったのは、それから約三ヶ月後、浩次さんが突然の交通事故で亡くなった後だった。

それは、主のいなくなった部屋を親戚の人たちと片付けているとき、偶然見つかった。

浩次さんの教授や友人から手紙が送られてきたのは、それからさらに数ヶ月後のこと。同封されていたのは、彼が浩次さんからメールで受信していた四国ツーリングのレポートだった。

そこには、五月一日から七日までに辿った道の風景、各霊場での思い出や苦労談、出会った人々との温かいふれあい、自炊した食事のメニューなどが、日記風に生き生きと書かれていたのだ。

最後のページには、旅の締めくくりがこんなふうに綴られていた。

〈基本的には観光じゃなくて、試練ですよね、ねえ大師様？　まあいい試練にはなったかな。時間がないなりに、他にもいろんな人と話をして、励まし合って回ったけど、みんな無事に帰路につけたのだろうか。まあ、なんにせよこれにて終了！　お疲れさまでした。総走行距離二千五百キロ、旅費総額七万円（納経代その他三万円、交通費二万五千円、食費一万円、温泉代五千円）以上！　終わ

り……〉

智恵さんは、仏壇の中に置かれている浩次さんの遺影を優しいまなざしで見つめながら語る。

「このレポートを読んで、私は初めて知ったんです。こんなに大変な思いをして授かってきた納経帳を、あの子は私にくれようとしていたんですね。いつも『お母さんは働き過ぎだよ、大丈夫？』って心配してくれていたからかしら。なのに私、どうしてあんなこと言ったんだろう、なんで喜んであげられなかったんだろう、もっともっと褒めてあげればよかったのに、って。今にして思えば、後悔ばかりです。本当に優しい子だったから……」

……………………………………………………………………

そんな智恵さんは、今、時間を見つけては、バスツアーで、四国八十八ヶ所参りの旅に出かけている。

先週、五回目の旅を終えたばかりだ。

これまでに参拝したお寺は七十二ヶ所。二ヶ月後には、最終回となる六回目のツアーが予定されていて、無事に行けば、いよいよ八十八ヶ所を達成するのだという。

「遍路道は〝同行二人〟と言いますが、私は、お大師様と浩次と私の三人で旅をしています。あの子の写真をカバンに入れ、あの子が遺したツーリング日記を追いながら、浩次はこの大変な道のりをたった七日間で走り、すべてのお寺を回ったのかと、本当に驚きました。そして、あの子が踏みしめた参道の石畳を歩きながら、『ああ、あの写真はここで撮ったんだなあ』とか、『この坂道が大変だったんだなあ』『浩次はどんな気持ちでお遍路さんをしようと思い立ったんだろう……』そんなことをいろいろ語りかけ、『あのときはごめんね』と心の中で謝りながら、歩いているんです」

四国八十八ヶ所すべてを廻ったお遍路さんは、最後に、千年杉に囲まれた和歌山県の高野山を目指し、そして、納経帳の一番最初のページに朱印をいただいて、遍路旅を締めくくる。

浩次さんがこの世を去ってから、長い月日が流れた……。

……………………………………

この夏、智恵さんは、浩次さんが自分に贈ろうとしていた納経帳を携えて、彼が亡くなる直前に辿った最後の霊場に、一緒に登るつもりだ。

納経帳「高野山・奥の院」のページには、こんな御詠歌が印刷されている。

ありがたや高野の山の岩かげに
大師はいまだおわしますなる

阿部浩次　享年 29

著者プロフィール
阿部 智恵（あべ・ちえ）
1947年1月、静岡県御前崎市に生まれる。現在藤枝市在住。幼い頃からスポーツが得意でマラソンでは常にトップの成績を収める。社会人バレーボールでは全国大会にも出場。運転免許は普通のほか、自動二輪、普通二種、大型を取得。結婚後は静岡市で青果業を営んでいたが、二男の交通事故死から体調を崩し閉店。2016年からは「いのちのメッセージ展」に参加している。趣味は家庭菜園、花を育てること。

僕は、信号無視をしていない！

発　行　2017年5月1日
著　者　阿部 智恵
発行所　ブックウェイ　Book Way
〒670-0933　兵庫県姫路市平野町62
TEL 079（222）5372　FAX 079（223）3523
http://bookway.jp
印刷所　小野高速印刷株式会社
Special Thanks　柳原 三佳
編集・制作　オフィス・ミュー
http://shuppan-myu.com

ISBN978-4-86584-236-4